踏踏蹄声

王樵夫◎著

应急管理出版社
·北 京·

图书在版编目（CIP）数据

踏踏蹄声 / 王樵夫著 . -- 北京：应急管理出版社，2024

ISBN 978 - 7 - 5237 - 0023 - 5

Ⅰ.①踏… Ⅱ.①王… Ⅲ.①散文集—中国—当代 Ⅳ.①I267

中国国家版本馆 CIP 数据核字（2023）第 220331 号

踏踏蹄声

著　　者	王樵夫
责任编辑	陈棣芳
封面设计	宋双成

出版发行	应急管理出版社（北京市朝阳区芍药居 35 号　100029）
电　　话	010 - 84657898（总编室）　010 - 84657880（读者服务部）
网　　址	www.cciph.com.cn
印　　刷	北京飞达印刷有限责任公司
经　　销	全国新华书店

开　　本	710mm×1000mm¹/₁₆　印张　12　字数　133 千字
版　　次	2024 年 4 月第 1 版　2024 年 4 月第 1 次印刷
社内编号	20230614　　　　　　定价　39.80 元

爱上阅读，学会写作

○凌翔

爱读书，读好书，养成阅读好习惯，这是近年来流行的好趋势。

阅读的好处毋庸置疑，越来越被专家学者及广大青少年读者认可。

大家越来越认识到，阅读将会对读者起到潜移默化的作用，既开阔了读者的眼界，也陶冶了读者的情操，它会不断引导读者不断提高自己的能力素质，调整自己的心情，缓解生活中的压力，帮助读者在丰富知识的同时增强胆识和气度。所以，引导广大青少年学会阅读，爱上阅读，阅读好书，越来越成为专家学者们的一大重要任务。

散文是一种抒发作者真情实感、写作方式灵活多样的记叙类文学体裁。广义地说，散文是与小说、诗歌、戏剧并列，在小说、诗歌、戏剧以外的所有文学作品的统称。但在当代，散文又专指那些形散而神不散、意境深邃、语言优美的文章，所以，当代散文又有了一个形象的称呼：美文。

散文的门槛不高，可以说，只要会写作文的人，都能够写散文。所以，在我国，每天都会有数不清的散文作品诞生。不过，尽管散文作品的量很大，但真正的好散文、真正能够传世的散文并不多。可以说，我们常见的散文大多是平庸的作品，所以为了能够在海量散文作品中发现优秀的散文作品，人们开展了多种多样的散文评选活动，其中名气较大的有冰心散文奖、三毛散文奖、丰子恺散文奖等。当下最为权威的散文奖项当属冰心散文奖，该奖项由中国散文学会组织，在著名作家冰心女士生前捐赠的稿费基础上设立，每两年评选一次，旨在评选出题材广泛、思想敏锐、能够深刻反映现实生活的优秀散文作品，被誉为中国散文界最为重要和专业的奖项。正因为此，每届冰心散文奖获奖散文作品集都极受欢迎，成为散文写作者的范本，也成为老师推荐学生阅读的精品。为了给广大读者提供更全面、更精美的散文阅读范本，我们从已经举办的九届数百名获奖作家中挑选出几十位最适合中学生阅读的散文家，请他们从自己所有的作品中挑选出文字精美、意境深远的作品，结集推出，希望编写出版一批为中学生所喜闻乐见的好的散文选本。

大家知道，与小说相反，散文是写实的，散文作家在写作时，如同用照相机拍照一样，用他们的笔墨触及身边的人、事和风景。即使是历史散文，作者笔墨描绘的也都是真实的人和物，所以，真实是一篇好散文要满足的首要条件。其次，好的散文在"形"散的基础上，实则上是"神"的聚焦，是思想的聚焦、灵魂的聚焦。正所谓说东话西，全都是为了一个中心。第三，散文注重抒情，注重遣词造句的美与高雅，注重每个篇章、段落之间层次的递进、并列和呼应，所以，散文又是不拘一格的。正因为此，阅读欣赏散文作品时，要能够阅读出新词妙意，阅读出谋篇布局，阅读出作者的所思所想，阅读出作者字里行间散发出来的对生活的热爱和对美好人生的向往，以及对万事万物的兴趣和景仰。

千万别指望别人给你提炼出一二三四的写作方法，即使有人总结出了什么写作诀窍，也千万不要相信。写作从来都没有捷径，要想写出好文章，必须进行深入的阅读，阅读最好的作品，阅读的同时不断分析作品，把作品拆开来思考。只有读出了每篇作品的结构组成，读出了人物刻画的方法，读出了语言运用的技巧，才会把优秀作品的营养吸收下来，从而转化为自己写作的智慧。

写作的门槛确实很低，但写作的台阶却很多、很高，我们每迈上一级台阶，都需要付出很多很多的汗水。让我们一起多读好文章吧，为自己写出好文章积累砖瓦，达到"对事物的观察十分细致，对人物的刻骨九分入骨，对心灵的把握八分精准"的标准。

目录

I

目录

第一部分
牧人之歌

每一个蒙古包里，都有一壶香飘四野的马奶酒；

每一户牧民家中，都有一副世代相传的雕花马鞍；

每一片草原上，都有一段动人心魄的马背传奇；

每一个蒙古人的心中，都有一匹勇往直前的蒙古马……

额吉和她的黑马驹

一

额吉（蒙古语，妈妈）放牧回来，下了马，发现蒙古包里异常寂静。

额吉来不及拴马，她撒开缰绳，焦急地喊了起来："高乐，高乐……"

可是，仍旧没有动静，额吉冲进蒙古包里，空无一人。

额吉有些害怕了，喊声大起来："高乐，高乐……"她惊慌失措地跑了出来，迅速转到蒙古包后面，继续大声喊："高乐，高——乐……"

听到额吉的喊声和脚步声，"高乐"从远处的羊圈里颠儿颠儿地跑了过来，身后跟着一只牧羊犬。

"高乐"看见了额吉，高兴得小尾巴一摇一甩，径直跑到额吉的身边，撒娇地把脖子伸到她的怀里。

原来，"高乐"竟然是一匹刚出生不到三个月的黑马驹。

"高乐"，蒙古语是"宝贝"的意思。在牧区，牧人们喜欢牲畜，经常用"宝贝"来称呼它们。

额吉弯下腰，一把搂住了黑马驹，嗔怪地说："高乐，你太淘气了！"说着，额吉生气地举起手，对准了黑马驹的额头。可是，手举在半空中，又放下来了。

刚才突然不见了黑马驹，额吉惊出了一身冷汗。

黑马驹噘着嘴，无辜地朝额吉的怀里拱。它喜欢额吉怀里的味道。

黑马驹瞪着黑黑的眼睛，拼命地朝额吉的怀里拱。一拱，又猛地一拱，一下子，把额吉拱得仰面摔在了地上，额吉的屁股都摔疼了。

额吉坐在地上，抱着黑马驹的头，却哈哈大笑起来，一双粗糙的手，爱抚地拍着黑马驹的脸，夸赞地说："好样儿的，劲儿真大，你可以跟二岁子牛犊顶架了！"

牧羊犬在身边摇着尾巴，好奇地瞅着。

在草原上，马和牧羊犬，都是牧民的家人，是牧民最好的朋友。

额吉用手拄着地，吃力地站起身，一摇一晃地朝蒙古包走去。

黑马驹紧紧地跟在额吉的身后。

额吉老了。她的腿弯弯的，典型的罗圈儿腿，这是长期的草原生活给额吉留下的烙印。

二

贡格尔草原上的雪，下起来连天扯地，瞬间，就把蒙古包严严实实地盖了起来。漆黑的夜里刮起了风，犹如一群怪兽在嗷嗷地吼，刮得包顶直摇晃。

额吉听到四周咔咔欲裂的声音，焦急不安地说：“马群要被雪抓跑了，怀驹的骒马找不到家了……”

外面，惊慌的马群四处乱撞。风雪夜，马群有个习惯，会顺着狂风跑出上百里。

额吉连连祈祷：“长生天，快停了这发了疯的雪、㞞蹶子的风，让那些可怜的孩子找到回家的路吧！”

就是在这个暴风雪的深夜，黑马驹提前降生了。它还没在地上站稳，瘦弱的母马又冷又饿，死了。

黑马驹被额吉抱进蒙古包，它睁着泪汪汪的眼睛，四肢弯曲着，身上挂着冰，靠着毡墙打战。

额吉穿着宽大的袍子，连腰带都没来得及系上，她颤巍巍地用手抠去黑马驹的嘴、鼻子处黏稠的胎液，用自己的袍襟揩干它的身体，然后紧紧地把黑马驹搂在怀里。

黑马驹瑟瑟发抖。

额吉心疼地说：“我再晚出去一会儿，你就会冻成一坨硬邦邦的冰了。”

过了一会儿，黑马驹身上的毛干了，身体暖和了，它扭着头，朝额吉的怀里拱，找奶吃。

黑马驹刚出生，睁开眼就看到了额吉慈祥的脸庞，它把额吉当成“妈妈”了。

两小时之内，刚出生的小马驹要吃上初乳，这样不但能增强免疫力，而且能有足够的力量站起来。

额吉的手指在黑马驹身上一遍遍梳理着，使黑马驹的茸毛变得蓬松。

黑马驹愈发饥饿，抬起头，充满期待的眼睛湿漉漉地瞅着额吉。可是母马死了，无奶可喂。额吉可怜地亲着它的脑门儿，急得满头是汗。

额吉突然拿起喂羊羔的奶瓶，塞到了黑马驹的嘴中。

黑马驹吮了几口，又吐了出来。

它愈加急切地向额吉的怀里拱着，一下，又一下……额吉只好用手推拒着。突然，黑马驹用嘴叼住了额吉的手指，用力地吮吸起来。

额吉急忙抽回手。她"哎哟哟"地站了起来，一连后退了几步。

黑马驹紧紧地跟了上来，嘴像鸡叨米一样朝额吉的腿上撞。

额吉心疼了，着急地说："长生天，可怜的马驹子要饿死了，这可怎么办呀？"

额吉自言自语："长生天呀，我老了，你是想让我办好最后一件事，特意派了一个马驹子来吗？"

额吉又把奶瓶灌满了奶，黑马驹叼住了，贪婪地吮吸起来。额吉拍着小马驹的头，幸福地说："你就是我的孩子了，哟哟，你就是我的高乐了……"话还没说完，黑马驹就把奶瓶吸空了！

额吉心疼地说："可怜的高乐呀，我去给你找一个奶水像泉水一样旺的额吉吧……"

额吉借挤马奶的机会，把黑马驹偷偷地塞到了一匹刚产驹不久的母马的后腿下，母马感觉到了异常，尥了一个蹶子，躲开了。

母马的蹄子，差一点踢到黑马驹的头上。还没有叼住奶头的黑马驹，吓得倒退了几步，愣头愣脑，不知所措。

额吉抓住马笼头，反复捋着母马的鬃毛，拍着它的脊背，劝它说："你是一个懂事的妈妈，一个有爱心的妈妈，怎么能见死不救呢……"

母马逐渐安静了。

额吉又把黑马驹塞到了母马的后腿下，这一次，仍然失败了。

黑马驹饿得站不住了，有气无力地趴在了地上。

儿子乌力吉失望地劝额吉："五畜生下来，都是有命的，送到野草滩，随它自生自灭吧！"

额吉一下子变了脸色，气愤地说："住嘴！狠心的东西！这是一条命呀！我活了七十多年，还从来没有把一条活着的命扔到野草滩上，不管是牛羊，还是猫狗……亏你说得出口！我用自己的奶喂活的羊羔子，今天不是已经拴成一排了吗？你这瞎子难道没看见那些羊？"额吉真的气极了，指着黑马驹："扔了它？就是把它扔给狗，母狗都会奶它！走吧，你回去问一问你的媳妇，你小的时候，难道我也可以扔了你不管吗？"

乌力吉从来没看到额吉发过这么大的火，委屈地说："额吉，人和马怎么一样呢？"

额吉的语气变得温和了："是呀，儿子，人和马不一样。可是，天下的母亲是一样的！天下的母爱是一样的！"

额吉想了一个新办法。她把新鲜的马奶泼向天，泼向草原，泼向东南西北，嘴里默默地祈祷。

随后，额吉把剩下的马奶涂在母马的额头上，她敲着围栏，虔诚地唱起了《劝奶歌》。从日出一直唱到日落，悠长哀婉的歌声回荡在空旷的草原上，穿透了云层，在大地上回响。

母马起先不在意，渐渐伫立静听。当太阳快要落山，晚霞映红了草原时，母马终于被感动了，眼睛里流出了泪水，它叉开后腿，露出了饱满的乳房。

乌力吉惊喜地喊起来："额吉哟，它真听了您的话，这下可好了，黑马驹有救了！"

三

草原上的雪，还没有完全化尽，远远望去，一片斑驳。

黑马驹在额吉的照顾下，活蹦乱跳。它四肢颀长，眼睛乌亮，茸毛柔顺发光。额吉去棚圈，它就跟着去棚圈；额吉去挤奶，它就站在母马的身边；额吉去远处拉水，它也跑在牛车的后面。它就像牧羊犬，时刻跟在额吉的身后，形影不离。

回到家，它跟着额吉进了蒙古包，一会儿又跑了出来，到草垛上随便吃草，它的膘比那些有妈妈的马驹子都好。

黑马驹刚生下来的时候，晚上，额吉搂着它睡觉。现在它长大了、长高了，阿爸要撵它去棚圈，额吉也嚷着要去陪它。阿爸愕然不解，生闷气。额吉笑着对阿爸说："我就是它的妈妈啊！"

阿爸笑了。

额吉不知疲倦地忙碌着，挤奶、拴牛犊、烧奶茶、挖牛粪砖。她一边干活儿，一边教训贪嘴的黑马驹："你这馋嘴的家伙，还没有吃够吗？"不时吩咐儿子，"乌力吉呀，你把它拴在勒勒车上，呵哟……"

额吉有四个孩子，大儿子宝音没有上学，从小和阿爸一起放牧，积累了丰富的驯马经验。结婚时，额吉给他新扎了蒙古包，分了羊群和马群，现在已经分家另过。二儿子满都拉图在呼伦贝尔服兵役。小儿子乌力吉中学毕业后，一直在家里放牧。最小的是女儿乌日罕，在旗里的寄宿学校读高中。她和额吉一样，歌儿唱得特别好听。

贡格尔草原冬天冷得很，下大雪，经常会冻死人和牲畜。牧民常说，三九的严寒，会冻裂三岁牛犊子的犄角。牧民必须穿又厚又暖的皮衣皮裤。每年秋天杀羊时，额吉就开始熟羊皮、买布料，然后剪裁缝制。蒙古人从元代开始，就有每人做两件皮袍的风俗，一件皮袍的皮毛向内，挨着身体；另一件则是皮毛向外，抵御风寒。皮袍的皮大多是羊皮、狗皮，有的则是狐狸皮、狼皮。

还有，牧民在蒙古包里穿的是薄皮袍，是用旱獭皮、羊羔皮做的。

凌晨，阿爸骑着马，奔向了草原深处，他要把在草原上整夜吃草的马群圈回来。额吉把羊群撒开，一只只羊蹦跳着，咩咩地叫着，低着头，奔向无边的草原，在晨曦中，像朵朵白云在绿草上滚动。乌力吉则骑着马，趁着凉爽的早晨，把快乐的羊群赶向远方的草原。

鞭声打破了黎明的宁静，铺满新绿的草原醒来了。晶莹的露珠，一颗颗在摇曳的草尖上挂着。

草原上的孩子都有分工，男孩子要骑马放牧，女孩子帮助额吉挤奶、煮茶，为晨牧归来的阿爸、阿哈（蒙古语，哥哥）准备早餐。

额吉爱每一种动物。草原上的旱獭，穴居食草，颈部短粗，耳朵短小，两只圆眼清澈单纯，一副大板牙露出嘴唇外边，喜欢站立观察四周动静，两只短粗的前爪经常合在一起，好像是在作揖，显得憨态可掬，惹人喜爱。夏天，连续的强降雨给干旱的草原带来了生机，但是也给草原上的小动物带来了麻烦，小旱獭漂浮在大水中瑟瑟发抖、岌岌可危。额吉捏着小旱獭颈部的皮，光着脚，把它们救上岸。

额吉经常对孩子们说："你们要做草原的孝子、牲畜的领袖、大地的功臣、动物的朋友。"

牧民的孩子从小和牛马羊在一起，知道如何爱护动物，对幼畜格外呵护，他们的心里都盛着牛羊，他们的生活离不开牲畜。他们恪守着额吉的话："蒙古人不能虐待草原上的生灵。羊羔、马驹、牛犊，还有狼崽子，都和人类的孩子一样可爱。"

乌力吉和父母住在一起，是家里的主要劳动力。他熟悉家里的一百多头羊，即使混在别人家的羊群里，也能准确地认出来。

额吉喜欢草原，蓝蓝的天空、清爽的风、清香的花草、一声不响安心吃草的牛羊……这里，没有都市的喧嚣，没有汽车尾气，更没有农药化肥的危害。牲畜在辽阔的草原上，尽情地采食自己喜欢的植物。"只有健康的牲畜，才能提供健康的肉食和奶食。"额吉感激祖辈沿袭下来的生活方式，经常幸福地对孩子们说："我们蒙古人拥有世界上最安详、最健康的牲畜。就凭这一点，蒙古人过的是最奢侈的生活。"

虽然在定居点有砖瓦房，但是额吉带领全家人，一年四季住着蒙古包，过着游牧生活。额吉说："牛羊一天走多远，我们就迁徙多远。"

经常迁徙草场，可以保证畜群吃到新鲜可口的牧草。牛羊到了一块新的草场，都会欣喜若狂地打量着这片草原。追逐新鲜的牧草是它们的本能。

"人要出去旅游，牛羊也需要四处走。"额吉反对牧民定居，反对舍饲。

"换了新地方，牛羊的心情和人一样高兴。"额吉说。

早晨，是额吉一天中最忙碌的时候，烧奶茶，挤马奶，黑马驹跟在她的身后捣乱。她停下来，黑马驹就嗅她的衣服，还调皮地跟牧羊犬一起抢水喝。

额吉把挤回来的马奶倒在木桶里，木桶里还有前几天的马奶，额吉每天都用一根木棒捣奶，发酵，不断添加新鲜的马奶，连续四五天，就能酿制出最优质的马奶酒。

捣奶捣的次数越多，马奶酒的质量越好，据说要捣一万次。可是，额吉家的马奶酒，要捣几万次。所以，额吉家的马奶酒最好喝。

牧区最原始的马奶酒制作方法，是把皮囊中的马奶挂在马或者骆驼背上，靠行走的马或者骆驼的颠簸，来加速马奶的发酵。马奶到了中午，就开始散发出浓郁的味道。时间越长，酒味越浓郁。

草原，烈日当空，牧民们全靠马奶酒这种天然的清凉饮料来驱散暑气。因为酒精度数低，酸中带着浓郁的香味，一种奇怪的芬芳。盛夏季节，一碗碗不间断地喝下去，汗水随之涌出。喝得兴奋的牧人，会主动端着碗找人碰杯，直到走出蒙古包，走到阳光下才会眩晕，风一吹，瞬间醉倒在草地上。

草原上，牧民爱酒。所以，许多草原上的传说，都是以酒开始，或者以酒结束。

额吉的蒙古包里，小小的银碗经常斟满了马奶酒。

额吉已经做好了早餐，奶茶、清炖羊肉和刚捣完的马奶酒的香味，搅在一起，弥漫在清晨的草原上。

天真正亮了。

四

额吉默默地翻出一个破旧的马鞍。这些天，她的闲暇时间都用在对马鞍的修理上，她把旧的鞍鞯去掉，重新配了嚼子、缰绳、镫带，连那副锈迹斑斑的马镫，也被额吉用獾子油浸过，再用芨芨草一遍遍打磨，已经显现出原来的亮色。

这副马鞍是阿爸留下来的。

额吉说，要亲手给孙子乌恩奇制造一副马鞍。阿爸走了，一定要让他的孙子有一副最好最硬的马鞍，成为一个真正的蒙古男人。

额吉说："马鞍是男人打拼天下的重要工具，头饰是蒙古女人的一生。"

几天前，阿爸在毫无征兆的情况下，突发了脑溢血。

额吉抱着垂危的阿爸说："你这个老不死的儿马子，这次真的要扔下我不管了呀……"额吉眼角凝着泪，不相信阿爸会离开她。

阿爸还是走了。

女儿乌日罕从旗里赶了回来，趴在额吉的怀里流泪。额吉无语，默默地抚摩着女儿的头发。

突然传来一阵急促的马嘶。黑马驹一蹦一跳地跑过来，不管不顾地把脖颈伸向额吉，把颤动着的嘴唇伸到额吉的怀里。它的双耳一耸一耸，不安地睁着那双黑黑的眼睛，惊恐的表情，好像在询问着什么。

额吉轻轻地搂着黑马驹的头，用一只粗糙的手久久地抚摩着。她的眼睛里盈满泪水，肩膀在微微地发抖。

乌日罕非常不安，阿爸走了，她担心额吉的身体。

处理完阿爸的丧事，乌日罕留在家陪额吉。连日来，额吉默默地熬奶茶、煮肉，一句话都不说……

一天夜里，乌日罕被一种轻微的声音惊醒，她看见额吉用被子捂着嘴抽泣。乌日罕没敢打扰额吉，静静地躺着，任由眼泪顺着脸颊蜿蜒流淌。她知道，额吉忍耐得太久了。

第二天，乌日罕细细地打量额吉，一夜之间，额吉老了许多。

额吉仍然步履蹒跚地套上牛车去拉水，她斜斜地坐在车辕一侧。

额吉的脸上沟壑纵横，头发几乎全白了，背也驼了。看着额吉矮小单薄的身子消失在低洼不平的盐碱地里，乌日罕方才跪在地上号啕大哭。

黑马驹一直跟着额吉，跟到了贡格尔河。它的嘴唇探进河水里，低头长饮，河水漾起一圈圈次第扩展的波纹，在波光潋滟的河面上，荡出一条条闪光的弧线，一直密集地向对岸荡去。

返回的牛车一摇一晃地走在坎坷的土路上，车轮子颠起冰凉的水，溅了额吉一脸一身。不知是水，还是泪。

额吉爱长生天，爱草原，爱牛羊，爱孩子，爱阿爸，爱了一辈子，可是她从没说出一个"爱"字。

蒙古人不善于言辞表达，有人这样形容蒙古人："一个7岁时受了委屈，到了70岁还没有说出来的男人，是蒙古男人；一个爱了一辈子，到死也没有说出一个"爱"字的女人，是蒙古女人。"

辛勤劳作的蒙古女人其实柔情似水，没有一个民族的女人比她们更富于神圣的母性。

尽管蒙古男人豪爽粗犷、尚武，历史上他们曾征服世界。但是，驰骋草原的蒙古男人，内心世界像绸子般柔软细腻。

五

这一天，天气晴朗。额吉给孙子乌恩奇束紧腰带，两人一起走到草地上，把修好的马鞍备在黑马驹的身上，她要让乌恩奇试一试她修理好的马鞍。

乌恩奇已经长大，黑马驹也长大了，长大的乌恩奇决心要把长大的黑马驹调教出来。

一匹好马，最终要属于一个能够征服它的蒙古男人。

乌恩奇勒紧马肚带，整理了一下鞍鞯，勇敢地跨上马。突然，黑马驹猛地竖起前蹄，在空中转了半圈。它还不适应乌恩奇骑在它的背上，不停地尥蹶子，青青的草地被踏出密密麻麻的蹄印。乌恩奇死死拽住黑马驹的鬃毛，两腿夹住黑马驹的肚子，身子贴在马背上。黑马驹拼命摇晃着身子，左歪右晃，乌恩奇的身体一会儿奔拉到马肚子上，一会儿翻上马背，小脸儿颠得通红，汗水浸透了天蓝色的蒙古袍，紧紧贴在他的脊背上，毡帽也甩到了地上。额吉捡起孙子的毡帽，她从孙子身上看到了丈夫的影子。祖先说，蒙古人的后代一定要征服马，像闪电一样驰骋草原，才不愧是蒙古人的后裔。

黑马驹冲着额吉不停地嘶鸣，额吉也心疼黑马驹，但是在茫茫草原上，要想成为一匹骏马，就要经受各种磨炼。

额吉喃喃自语："辛苦了我的孩子，亲爱的黑马驹，乌恩奇是你的哥哥！"

额吉反复说着。小马突然变得温柔，不再试图将乌恩奇摔下，而是四蹄翻飞，嗖地冲了出去。正前方，是砧子山的依稀远影。

额吉步履蹒跚地追出好远。

过了好一会儿，乌恩奇骑着黑马驹，重新回到蒙古包前。当他滚鞍下马的时候，额吉猛地扑倒在地上，亲吻着这片青青的草地，亲吻着这片留下了她和阿爸的斑驳足迹和炽热爱情，孕育了儿女们的大草原。

看见这一幕，乌恩奇悄悄地哭了，青绿的草茎和嫩叶上，沾挂着他告别童年的泪珠，也挂满了额木格（蒙文音译，奶奶）的泪珠。

"你要长成像你额布格（蒙文音译，爷爷）一样勇敢的牧人！"额吉一手牵着乌恩奇，一手牵着黑马驹。她步履坚定，稀疏的白发在阳光下飘动着。

六

额吉发现，最近她家的一匹老马总是不跟群回来了。每次，她都着急地骑上马去找它。

贡格尔河上，有天鹅在游。一年的秋天又开始了，它们要飞离草原，来年再飞回来。

终于，额吉在贡格尔河的下游河滩上发现了老马，它神情恍惚，孤独地站着。

这匹老马已经陪伴额吉二十多年，就像亲人一样。

它老了。额吉知道，老马可能熬不过这个冬天了。她决定，在过些天的转场后，将老马放生。

在蒙古人心中，马是神圣的动物，牧民常会从自家骑过的马中选出一匹优秀的"神马"，不再骑乘，也不能宰杀。在"神马"临死之前，把它放生，把它赶到它熟悉的地方，不管它在哪里过世，被狼吃也好，怎么样都好，让它在自然中死去，是一种吉祥的归宿。等它过世了，要把它的头和四蹄拿回来，放在高高的地方。

额吉家的这匹老马，就是一匹"神马"。

额吉心里还有一点担心，她希望老马能在转场时，坚持走完，走到转场的终点，那时，她就可以安心地把它放生了。

一年一度的转场开始了，额吉家的牛、羊、马蹚过了齐腰深的贡格尔河，

向着冬牧场浑善达克沙地进发。可是在过河的时候，老马胆怯了，犹豫不决。最后，额吉只好骑上一匹马，拽着老马的缰绳，把它牵过河。

过河的时候，老马几次差点绊倒，它的眼睛里有恐惧，有无奈。额吉心里一阵酸楚。

终于上岸了，他们抵达了山后广阔的牧场。

额吉坐在草原上，静静地看着老马，她希望从老马的身上，找到它能坚持再活一年的力量。可是，老马躺在了草原上，头紧贴着地，眼闭着，肚子一鼓一鼓的，气喘吁吁。

额吉的心情更加沉重了。马是很少躺在草原上的，除非是它刚生下来的时候，除非是它老得要死的时候。

一幕幕往事在额吉的心里浮现。额吉想起，他们一家几代人，都骑过老马。孙子乌恩奇有一次摔在山谷里，是老马把他叼回了蒙古包。

乌恩奇陪在额吉的身边，一直低着头，不说话。

额吉抓了一把青草，喂给老马，老马勉强抬起头来，可是嘴巴只是轻轻张了一下，头又低了下去。额吉的心里更难受了。

告别的时刻终于到了。

额吉用手仔细地梳理老马的脊背、鬃毛、肚子、大腿。她和乌恩奇一起往老马的额头上、身上抹牛奶。

老马任他们抹。老马的眼睛里湿湿的，看着牛奶从自己的额头上流下来，老马仿佛知道了什么。

临走时，额吉抱住老马的头，亲了又亲。

额吉哽咽着说："你想翻山就翻山，你想过河就过河，去你想去的地方吧！"

乌恩奇骑上马，牵着老马，沿着山谷走了好远。这是一条陌生的路，若不走这条路，老马一定会顺着原路，回来找他们。

黑马驹一直跟在后面，它不是老马的孩子，但是就像亲人一样，一直跟在老马的身边。

自从额吉把它从那个风雪夜里救活，自从它长大进入马群后，就和老马形影不离。

乌恩奇决定把黑马驹留在老马的身边，伴它度过最后的时光。

七

乌恩奇站在草原上，看着老马，舍不得扔下它。

老马，黑马驹，两匹马，在远处静静地吃草。

乌恩奇骑上马，回过头，看着老马。老马抬起头，正向他这边凝望。乌恩奇的眼泪再也忍不住了，他夹紧双腿，催马狂奔起来，他怕自己会回过头，情不自禁地回到老马身边。

乌恩奇越跑越远，老马的身影渐渐消失了。拐了好多山峁，突然空中传来一声凄厉的嘶鸣，乌恩奇没有回头，眼泪流下来。他知道，那是老马在向他告别。

八

第一场雪落了下来。

远远地，黑马驹从遥远的地平线上跑了回来，额吉知道，黑马驹已经陪伴老马度过了最后的时光，老马已经去了天堂……

额吉不敢看黑马驹布满血丝的眼睛。黑马驹凑到她的身边。她感觉到手上有一团潮湿的气，是黑马驹探着鼻在嗅她的手；往上摸，是马浓密的睫毛和耸动不已的耳朵。

黑马驹的眼睛里，有泪！

额吉搂着黑马驹，悲恸地伏在它的肩胛上……

悲天悯人的阿爸

一

"秋天不垛干草,春天死畜成堆。"

"马刚跑完就吃草,不会长膘反生病。"

"马伴君子,不伴小人。"

"养马比君子。"

"没有子弹的枪像拨火棍一样,没有文化的人像瞎子一样。"

……

这些话,经常挂在阿爸的嘴边。每当阿爸说起这些,额吉就忍不住笑,她说,你阿爸的话没完没了,就像太阳落山以后往家走的马,排着队,一串一串的……

阿爸在草场上有一处房子,除了他和额吉,在院子里走动的,就只有牲畜了,羊群每天回到离房子不远处的棚圈里,牛和马在离家很远的草库伦里溜达,几天回来一次。曾经每天跟在他们身后"阿爸、额吉"地叫着的孩子们,一个个长大了,都住到城里去了。一年年青草冒芽,大雁南飞,骆驼又下了几个羔子,也看不见孩子们的身影。阿爸落寞地对额吉说:"草原太静了,静得能听见羊在吃草,土拨鼠在发情!"

定居以后,阿爸家棚圈附近的草被牲畜吃光了,露出了白晃晃的沙子,半沙化的草场,只有顽强的沙葱和味道浓郁的蒿草冒出头来。

春天里,风沙特别大,漫天卷起黄沙,瓦蓝的天空瞬间被搅得混沌一片。沙粒啪啪地打在脸上,像被无数飞来的针尖刺痛。一夜间,毡房外就隆起一溜溜的沙岗子。

退化的草原,让阿爸忧心忡忡。儿子要他们卖了牛羊搬到城里去,阿爸死活不同意,他闻惯了马粪的味道,喜欢喝新挤下来的牛奶,摸着羊羔雪白的毛，给它们的嘴巴灌药。城里的街道窄窄的，房子像火柴盒垒得老高，好好的天空被电线分割得七零八碎，看着就堵得慌、闷得慌、热得慌……街上没有草，到处都是汽油的味道。他拒绝了儿子，和老伴儿商量，把牛羊圈起来，先在自家退化的草场上种沙打旺（一种用于改良荒山和固沙的优良牧草）。

阿爸为了买种子，卖了好几只羊。每天天不亮就和老伴儿起床去种沙打旺。老牧人哈斯巴根笑他笨，有种沙打旺的工夫，还不如找一片好一点的草场。再说这鬼天气热的，像下火，种下什么能活？阿爸也不解释，整天骑着马在沙地里转悠。

几场雨过后，沙打旺真的活了，几片新蹿出的叶子嫩绿嫩绿的，把阿爸的心打亮。阿爸似乎又看到了漫山的绿野中点缀着牛羊，他咧嘴笑了。

棚圈里的羊羔子又叫了起来。这几天，阿爸开始准备铁铲子、夹板、小木凳、酒精，要给羊羔子断尾。要断尾的全是改良的绵羊羔，尾巴特长。如果不断尾，遇上跑青拉稀，沾在尾巴上，天长日久就会结成大疙瘩。如果是母羊，还会把长尾巴尿湿，苍蝇会下蛆，所以无论公母都要断尾。断尾，牧民一般选在晴朗无风的好天，既不能太早，又不能太迟；太早了会冻，太迟了就有了苍蝇，所以一般在立夏前进行。

阿爸把羊羔子提起来，额吉用夹板夹住羊尾巴，或者用手抓着羊尾巴，把羊尾固定在木凳上，阿爸用烧红的铁铲，"哧溜"一股烟，大半截尾巴就烫下来了，再用棉花蘸上酒精，涂在断尾上，伤口四五天就痊愈了。

断下的羊尾，用开水烫掉毛，又肥又嫩，但是岁数大一些的牧民从来不吃。

阿爸还要给羊灌驱虫药，这是牧民年年都必须做的营生。阿爸两腿夹住羊，左手将羊嘴扳开，让羊脖仰起，右手飞快地把药灌进去。为了避免出现漏灌重灌的情形，牧人一般采用两种办法：一种是一人守在圈口，灌完一只放出一只；另一种是把稀牛粪抹在灌过的羊身上，以作标记，牧民称之为"打抹子"。

孩子们小的时候，阿爸最喜欢给他们讲额布格养马的故事。后来，孩子们都长大了，搬走了，没有人再听他讲了，可是阿爸一个人的时候，还是常常会想起那些事。那些发生在草原上的事啊，怎么能说忘就忘了呢？

额布格会相马，好马驽马一眼就能瞅出来。他扳开马嘴，根据马的牙齿，就能知道马多大的口齿（年龄）。有一年春天，额布格的十几匹马被土匪抢走了，家里没有了重要的交通工具，去嘎查①买药看病，只能借亲戚家的马。额布格想念他的马，每天晚上睡不着，没办法就喝酒，还发脾气。额木格不吱声，孩子们吓得都不敢说话，全家人都忍着他。

冬天的一个晚上，蒙古包外突然响起了马的叫声。额布格提着马灯出去一看，原来是被抢走的其中一匹灰色的母马，领着几匹别人家的马回来了。母马"咻儿咻儿"地叫着，带着那些马走进了棚圈。马儿们又饥又渴，不知从哪儿回来的，也不知走了多远。额布格又惊又喜，兴奋地喊叫着："马回来了，马回来了！"全家人都跑了出来，看着那匹瘦了的灰母马，额木格激动地上前搂住灰母马的脖子，连连亲它的额头，腮上挂着泪。

这个故事一直让阿爸难忘，马是多么懂感情的动物啊。阿爸小的时候就知道，他这一生会和额布格一样，离不开马。

草场承包以前，阿爸在嘎查放马，他亲手调教出来的马，都是好马，老实，不咬人，不踢人，嘎查的人骑着出去办事从没出过事故。人们都说阿爸调教出来的马懂事。

二十世纪八十年代，阿爸花了一千元买回三匹马，一匹喜鹊花母马带两个马驹儿。喜鹊花马特别稀少。阿爸高兴地念叨："有钱难买喜鹊花啊！"额吉心疼钱，家里的孩子多，要念书，还有老人，用钱的地方多。但是，她对孩子们说："你阿爸年轻时没养够马，一辈子就爱马，让他养吧。"过了两年，喜鹊花母马变成了白马，草原上的蒙古马就是这样，过几年，就会变成另一种颜色。高兴的阿爸逢人就炫耀："'七青八白九长斑'，以后还得长斑呢。"

初冬，阿爸把马群赶到贡格尔河边，河刚结冰，阿爸用脚把冰踩破，让马喝水。阿爸踩冰的时候很认真，踩了好几处，才漫出足够多的水，让马喝到。有时，尽管很小心，阿爸的鞋也会被水浸湿了，一会儿就结了冰。马很认生，警惕性特别高，桀骜不驯，外人不能靠近，但是对阿爸非常信任，它们喝足了水，

---

①　嘎查：内蒙古自治区行政区划单位，相当于村、屯。

用湿漉漉的嘴唇去闻阿爸的手，平时不苟言笑的阿爸咧开嘴，露出半嘴的豁牙。昏黄的阳光落下来，照着马儿，照着阿爸，河水里的光影就像阿爸的脸一样慈祥。

马儿就像阿爸的孩子，他时时都关注着它们的状况。每年冬天，贡格尔草原的雪都特别大，无论多冷，阿爸晚上总要起来，去给马多加一些干草。他担心马儿吃不饱，母马若是揣了驹子，阿爸还要特意给母马加料，他总是说："马不吃夜草不肥，草膘料劲水精神，少了哪样儿都不行。"

无论谁骑马出去办事，回来后，阿爸都要亲自给马饮水。阿爸说："这饮水很有说道儿，马吃脏草喝净水，水一定要干净。"饮马的时候，他也特别讲究，不能热饮、暴饮、急饮，阿爸说，"要'一饮三提缰'。"也就是说，刚骑马回来，马浑身是汗，不能马上饮马，要拴一会儿，拴得高一点，让马喘匀了气、消了汗。饮马时必须拽几次缰绳，让马喘喘气再喝，别一口气喝下去。这样饮马，马才不会得病。

"人这一辈子，最幸福的事情就是骑在马背上！"阿爸说，"我老了，别的想法没有了。我就是想养几匹马，整天放放马、骑骑马，看着一群马在草原上吃草，在天底下奔跑，我高兴着呢！高兴了我就想唱歌，那歌儿从口中溜出来、飘出去，好像跟马一起奔跑呢……"

二

"马就是蒙古人的摇篮。"阿爸自幼长在马背上，尽管现在老了，还天天骑马，一刻也离不开马。他说："蒙古马是世界上最完美、最善解人意的牲畜。别看马的性子烈，但是对主人忠诚，主人如果喝醉了，只要能爬到马背上，它就能安全地把主人驮回家。"

当年，阿爸当兵复员回来，本可以分配一份好的工作，可是他坚持回草原，当了嘎查的牧马人。"牧马人是草原上最令男人骄傲的职业。"那时候，嘎查的马群大，有几千匹，加上马的活动范围大，当牧马人非常辛苦，要跟着马跑很远的地方，只有最勇敢、最能吃苦的牧民才干得了，也才有资格干。

阿爸的家里还养着赛马，在那达慕大会多次得奖。可是，现在的马被汽车、摩托车取代了，马退化成一种旅游娱乐品和蒙古人的精神寄托，马的经济价值也随之大幅下降。在草原上骑马的蒙古人越来越少了。阿爸伤心地说："蒙古人不骑马，就是忘记了祖宗，背叛了成吉思汗的祖训。"

草原上现在很少能见到马了，10年前，阿爸还有5个马群，100多匹马。现在阿爸只有一个马群，20多匹马，圈在离家很远的围栏里。

马越来越少的另一个原因，就是牧区的草场实行了承包制，家家都拉起了铁围栏，无法养那么多的马了。

草原上有平地草场、山地草场和戈壁草场。平地草场和山地草场都是典型草原，戈壁草场有点近似于湿地。所谓山地，其实就是连绵的高山漫甸草原。不同的草场，生长的草不一样，营养不一样。以前游牧的时候，牧民夏天把羊群赶到平地上，冬天赶到山地，需要补碱吃的时候赶到戈壁上。

阿爸分到的草场就是以前的山地草场，是冬草场。冬草场有个特点，没有水源，打井也很难出水，也叫"无水草场"。当年，冬天下雪以后，牧民赶着牲畜过去，牲畜吃积雪解决饮水的问题。春天雪化了，牧民就把牲畜赶到平地草场去了。

草场承包后，长年在冬草场放牧，到了夏天，冬草场的问题一下子就严重了——几百只牲畜需要喝水。阿爸为此打过三口井，接近一百米的深井，愣是不见水。阿爸打井借了高利贷，到现在还没有还清。阿爸很沮丧，说："从那时候，我就再也没起来。"

阿爸只好开着拖拉机拉水，牲畜完全交给额吉照顾。春天来了，天气转热，青草要长起来了。牧民都高兴得不行。阿爸却愁得慌，因为天一热，牲畜的需水量增大，他拉的水，供不上牲畜饮用。"除了喝口茶的工夫，一整天的时间全用在拉水上了，没办法，逼着你减少养畜的数量。"

围栏养畜还有一个大问题，那就是牲畜吃草太单一，营养不良。

要想解决这些问题，唯一的办法就是拆掉围栏，实行草场合作社，牧民共同使用草场，恢复四季游牧。可是，牧民的思想很难统一，有的牧民甚至把牧场租出去，什么活儿也不干，靠租金度日！

阿爸指了指自己的脑袋，长叹一声："现在的人这里有问题了！对聪明的人来说，学问最珍贵；对愚昧的人来说，金钱最重要。对我们牧民来说，草原最重要。"

阿爸懂得草原，懂得牲畜，懂得畜群如何管理。他曾经当过嘎查长（蒙语音译，村长），负责安排整个嘎查的牲畜转场、牧人搬迁。他会认草，知道什么样的草有营养，什么样的草有毒；什么季节牛羊应该吃什么草，什么季节应该去哪块草场放牧；冬天应该贮多少草料。而且套马、骑生个子、打狼，都是一把好手，还会自己做蒙古包，搭蒙古包。阿爸家里保存着好多捆马鬃，是用来捆蒙古包用的。用马鬃捆，结实，而且耐雨，不腐烂。

草原上，年岁长的牧民经验丰富，他们的养畜知识，不比畜牧专家差多少。

牧民日常十分注意维护牲畜的清洁和草场的环境卫生。凡是放牧的草场，不能乱扔牲畜的尸体；不能污染水源，比如，不能在河里洗脏衣服；不能把牲畜的尸体和秽物丢进水里；看见有淹死的老鼠和麻雀，必须捞出来；不能往河里撒尿……

牲畜的棚圈要通风向阳，要远离灰堆和厕所，棚圈周围严禁大小便，不许把污秽之物扔进圈里，忌讳陌生人随便出入棚圈；营盘的要求也不同，冬营盘要背风暖和，夏营盘要高而清爽。

春季接羔的时候，要让小羊羔卧在干燥温暖的地方，喂料、喂奶要使用干净的用具；饲料要新鲜干净，不能有发霉变坏的；春天的弱畜、病畜要喂精饲料，饮干净水。一年四季，都要追逐水清草鲜的草场放牧，转场轮牧。要经常查看牛犊、山绵羊，如果身上起了草鳖、虮虱，要及时清除。绵羊羔夏天拉稀，尾巴上结了屎疙瘩，要及时剪掉。

蒙古人对马的年龄和毛色有独特的称谓，有300多种。不论公马还是母马，四岁前都不直接称呼马的年龄，只要按蒙古人的习惯称谓称呼，别人即可知道他说的是公马，还是母马，并且知道是几岁马。蒙古人把刚生来的马驹子叫"乌纳格"，二岁子马驹叫"达阿嘎"，三岁子母马叫"古纳格别德斯"，三岁子公马叫"古纳乌热"，骟龄的四岁子公马叫"伊斯格勒乌热"。汉族人称呼牲畜，大多是在几岁后面加上牲畜的通称，比如，二岁子马、三岁子牛、四岁子羊……世界上恐怕再也没有一个民族，像蒙古族一样，对牲畜的种种事体，有如此丰富的语言。蒙古人不会堆砌辞藻，他们对牲畜的叫法，给人的感觉就是直观、形象、简洁。这来自对象的丰富性，牧民观察的细致性和管理上的实用性。

阿爸对牲畜的辨认能力是惊人的。一群四五百只的羊，他能一一辨认出来，和邻家混了群的羊，他也能迅速找出来。家里的每头羊、每匹马，什么品种、有无疾病、如何治疗他都知道得一清二楚。

阿爸长年生活在草原上，抬头望望天，就能预测出未来三天的天气；根据冬天的天气，就能推断春夏的气候好坏和雨水的多少；瞅一眼草场，就能看出这个地方适合放牧哪种牲畜。连偷杀牲畜的人，都逃不出阿爸的眼睛。

阿爸不仅能从外貌上辨别牲畜，甚至能从蹄印上认出牲畜来，这是他在长期放牧中掌握的一门特殊技术。阿爸认识自家每一匹马的马踪，也认识附近牧民家的马踪，而且他能根据马踪的痕迹，说出它是哪匹公马的后代。如果牧民们认错马，阿爸便根据马踪，来辨别马是谁家的。

在我们眼里，马蹄子都是一样的，这是普通人的认知误区。如同世界上没有两片相同的树叶，当然也不会有两个相同的马踪。这里面学问深着呢，马蹄子的形状、叉开的角度、踩地的深浅、运步的方法都不一样。牲畜的蹄子有拢蹄子、散蹄子，形状有圆形、方形、方长形……叉子（两蹄牙瓣间的缝隙）也有深浅宽窄之分。牲畜运步，有的走起来平直，有的走起来歪斜，有的举步拖拉，有的举步利索……蒙古人就是靠这些特点和长期的实践经验，来辨别每一头牲畜的，而且准确无误，让人惊叹。

三

蒙古人和马的感情深，他们钟情马，崇尚马，赞美马。因此，蒙古民族自古就流传着许多关于马的优美的传说故事、英雄史诗、说唱文学，歌谣、祝词、谚语、格言中，多处都会提到马。蒙古歌曲中，以马为主题的歌曲数量仅次于歌唱母亲和家乡的歌曲，排在第三位。

"护着负伤的主人，绝不让敌人靠近；望着牺牲的主人，两眼泪雨倾盆。仁慈的蒙古马哟，英雄的蒙古马哟！"阿爸当年是骑兵，他在打仗撤退时，从马背上摔了下来，他的马立即返回他的身边，用嘴拽他，并且卧下让他爬到马背上，才得以逃生。阿爸说："如果马没回来救我，我肯定死了。"还有一次，他们打仗时中了埋伏，一位战友的马中弹了。如果那匹马当时倒下，战友肯定中弹身亡，但是这匹马硬撑着拐了一个弯，倒在一个大土包的后面，正好是枪无法射到的地方。

那匹马死了，战友得救了。

阿爸复员后，坚持回到草原，当一个牧马人，终生与马为伴。

阿爸放马的时候，有一年，发生了大雪灾。苏木（蒙古语，乡镇）冻死了好几个人，也冻死了很多马。那天上午十点多，开始刮白毛风，白毛风刮得人什么都看不到，也看不清方向。马群是喜欢顺风跑的，阿爸只好跟着马群一直走。风太大了，仓皇的马群一个劲儿地跑，一下就跑出去了三十多千米。阿爸身上没带吃的东西，走了整整两天两夜。开始，阿爸骑着一匹母马，冬天母马更耐寒。后来母马实在走不动了，阿爸从马群里另外套了一匹马，刚换上，母马就栽倒在雪地里死了。

阿爸现在回忆起来，仍然心有余悸："它一直硬撑着，我刚换上马，它就倒下了。雪有一米多深，幸亏我换的这匹马特别好，能在雪里跳着走。这匹马很聪明，不往前面跑，就跟在马群后面。如果这个时候马不够好，很容易被马群踩死。两天后，苏木发现只有我的马群没回来，就派人出去找，找到的时候，我的腿已经冻僵了。"

"这两匹马，救了我的命！"阿爸感慨，"后来，我换上的那匹马也老死了。它死了之后我也想着它，它救了我的命啊。我把它的马尾留下来，把它的尸体野葬了。"

在草原，一般的马都是要剥皮的，但救了主人命的马，还有老母马、种公马，死了以后，都不能剥皮，牧民要在马的头上系上哈达，放在高高的山上。

马的葬礼，是对马灵魂的召唤，是对生命的礼赞，是对马群的祝福。

四

茂密的森林，

装点着曼陀山的沟岔；
在它的树枝上，
喜鹊不断地叫着。

落落大方的巴雅尔，
是哈斯图雅姑娘的依靠，
思念的心情呀，
萦绕在哈斯图雅姑娘的心上。

阿爸从小就爱唱歌，不管是什么人，只要唱得好，阿爸就跟着学习，直到把这首歌学会、学好。阿爸印象最深的是在婚礼上长辈们的歌声，好听极了。后来，阿爸就成了贡格尔草原上有名的歌手了。再后来，阿爸的女儿成了旗乌兰牧骑的独唱演员；儿子在饭店唱歌，儿媳在城里陪孩子上学。

阿爸放牧的时候，也喜欢唱歌，从来不知道累。尤其他喝了酒，总会情不自禁地唱起来，那歌声从蒙古包上的天窗飞出去，听得牛羊忘记了吃草，听得百灵鸟忘记了歌唱。牧民们在草原上碰见他，总是要求说："来，为我们唱一曲吧！"阿爸就唱《立鬃的青马》，深情的音调瞬间在空中飘散开了：

立着鬃毛的青马哟，
是枣骝马的驹儿。
往来徘徊的姑娘哟，
停留停留再走吧。

云雾弥漫的山顶上哟，
扛上步枪去攀登。
和我眷恋的姑娘哟，
谈上几句知心话吧。

年轻人起哄，让他再唱一个。阿爸的歌声仿佛是从身体里发出来，嘴唇几乎不动，也张得不大；歌声越高，上嘴唇越往下拉，仿佛阿爸的肚子里装满了歌声。阿爸唱的歌，有赞颂养育之恩的，有思念家乡的，还有歌颂动物、歌颂爱情的。阿爸说："万物有灵，草原上的高山大河，甚至是一草一木，都值得敬畏。"

我在那闵珠尔罕盖的北山上哟，
等待你到天蒙亮！
如果知道你失约哟，
我的等待是多么荒唐！

骑上英俊的金黄马儿哟，
不待天黑我就去了！
可我要早知道你在爱着别人哟，
我在这儿熬夜傻等为的是啥？

我那可爱的骏马儿哟，
不分昼夜地都不卸鞍！
如果我知道你爱的是别人哟，
我压根儿就不去将你盼。

岸上的大雁赶不赶哟，
空中的乌鸦射不射？
一想起她已经变了心哟，
想死了我也是白搭！

有时候，他唱着唱着，歌声会变得凄惨忧伤起来，连他骑的黄骠马都听得支棱着耳朵。阿爸抱着马头说："我的歌唱给马听，马喜欢我的歌，心爱的马不会厌烦我。"

阿爸会唱《孤独的白驼羔》《清秀的膘马》《清凉的杭盖》《金色的空格达山》……随着那悠长、磁性的"诺古拉"（蒙古族长调中特殊的颤音唱法），叹息般地在头、鼻、胸、腹腔深处颤动。一个个美丽动人的故事，在草原上诉说着别离、思念和重聚。唱着唱着，阿爸把眼睛闭上了，如果不是嘴角微微地嚅动，你不会相信是他在唱。听过蒙古族长调的人都知道，蒙古人抒情，完全可以在一首民歌中，将心掏出来给你瞧个仔细——看它是黑还是红！

阿爸的歌声中，有柔情似水，有悲悯苍凉，有孤独无奈，有慷慨激昂，有婉转悠扬……蓝天白云，吃草的牛羊，在那起伏的颤音里，跳动着生命的坚韧和顽强，带给人身不由己的悸动。听着听着，就会流泪。你感觉到在漫无边际的草原与蓝天之间，有一股原野的风在浮动，在凝聚，草原上所有的一切，震撼人的灵魂……有牛哞羊咩，有炊烟在袅袅升起；有蚂蚱在草丛中跳跃，有露珠在花叶间化成气霭；有公马的嘶鸣，有母羊在摇动尾巴；有百灵鸟在草窠里孵蛋，有禄马风旗[1]在风中猎猎作响；有达里诺尔湖的华子鱼在水中抢食，有阿斯哈图的公母鹿在追逐……

虽然穿蒙古袍子的人少了，骑马的人少了，会唱老歌的人也少了，但是阿爸说："只要天地还在一起，只要蒙古人还在马背上，只要我还喘气，那长调就会一直流传下去。"

五

低低的炊烟，矮矮的毡房，白白的羊群，云朵儿一样。

草原深处，一队马远远地走过来，领头的是一匹飘着金黄色鬃毛的栗色儿马。阿爸骑着黄骠马，举着套马杆，跟在后面。

"我的父亲爱唱歌啊，歌声飘荡在绿色的草原上；我的父亲是牧马人，歌声伴我童年的时光；我的父亲是牧马人，歌声伴我到远方……父亲的肩膀，

---

[1] 禄马风旗：蒙文音译"嘿毛利"，意思就是"希望之马""时运之骏"。禄马风旗是蒙古民族原始的灵魂信仰，天神信仰的显现，又融入了祖先崇拜、英雄崇拜的内容。它不仅成为蒙古民族古老文化的历史积淀，而且成为蒙古民族追求生命、呼唤生命、生生不息的象征。

父亲的胸膛，父亲的身影雄鹰一样……"歌词很简单，只是低回深情的调子，让人的心上一阵阵温暖，一阵阵哀伤。

黄骠马安静地看着阿爸，眼睛里润着水一样的温情。它听得懂那歌声，可是它无法诉说，所有的忧伤只能郁积在目光里，只能在暗夜独自回味。

"在阿斯哈图山的顶峰，配上了镶银柄的缰绳，额嗬哟——那是我追风的黄骠马。在密林里追捕野兽，总是它跑在前头，额嗬哟——那是我追风的黄骠马。"

黄骠马仰着漂亮的头，睁着忧郁的眼睛，听着阿爸忧郁的歌声。

女赛马手阿茹娜

一

贡格尔草原的雨，说来就来了。放牧的小阿茹娜被困在这雨中。

起初，一股若有若无的风，带着清冽的气，在广袤无垠的草原上轻轻吹动。片刻之间，无数的草儿开始猛烈摆动身体，如波涛涌动、千军万马一般。湛蓝的天上，有那么一块地方，突然卷起层层叠叠的云，雨从云端落向草原，雨丝细细地、密密地，像绣花针，或直或斜地插进草丛里。

遥远的山坡上，一群洁白的羊群，在轻纱一般的雨雾里，缓慢移动着。阿茹娜骑着马，跟在羊群的后面，雨不断地从头发上滑落，滴在阿茹娜苍白的脸上。衣服全被打湿了，裹在薄薄的身体上，小小的一个人儿，显得更加瘦弱。

雨下得很安静，默不作声。连绵的草原、起伏的山坡、蜿蜒的河流，全部被包裹在茫茫的雨雾之中。

草原上的雨变幻无常，就像一个时哭时笑的顽童，经常是东边日出，西边落雨。牧民没有穿雨衣的习惯，在野外放牧，如果看到一片雨来了，便急忙骑上快马，跑出几里地外，到那边就没有雨了。

有草原生活经验的蒙古人，能看出哪一朵云里有雨。

阿茹娜抬起头，远处的天空上，大朵大朵的云聚集在一起，堆砌着、拥挤着、追赶着。

风，大了起来，打在阿茹娜湿透的身上，更凉了。

雨随风势，噼里啪啦，四处飞溅，毫不怜惜地打在青翠的草原上。

阿茹娜吁住马，她扭着头，向四周瞭望。草原辽阔，但是一棵可供遮挡风雨的树也没有。阿茹娜只好翻身下马，紧紧地搂住马的脖子。马微闭着双眼，睫毛一眨一眨，它的鬃毛也湿漉漉的，水珠一滴滴往下落，泛着清冷的光。

雨更大了，风也急了，更冷了。阿茹娜钻到马的两条前腿中间，抱着头，蹲在马身下的水洼里。

阿爸骑着马从远处跑了过来，在雨中大声呼喊着阿茹娜的名字。

阿茹娜喜欢骑着马，去放牧草原的春夏秋冬。

很小的时候，阿茹娜随阿爸去了美丽的呼和浩特，她看见一幢高楼的楼顶上，塑着一匹神气的白骏马，昂首向上，横鬃竖尾，劲蹄飞踏，充满了野性阳刚之美。从此，那匹白马就深深地刻在了阿茹娜的心里。

虽然在草原上会经常看到这样的雕塑，可是没有哪一匹马像那匹腾飞的白马一样让阿茹娜魂牵梦绕。

"马已经融进了蒙古人的血液里了，"阿爸说，"蒙古人生来就会骑马。我小的时候，可以骑到很远很远的地方，那时的草原没有围栏。"

一只鹰在天空翱翔着，无畏无惧。鹰能预感到暴风雨的来临，飞到高空，展开宽大的翅膀，当暴风雨肆虐的时候，狂风就可以把它托起，让鹰高高地扶摇于飓风暴雨之上。

真的要下暴雨了。

翻滚的乌云，如同万马奔腾，挟带着一道道闪电、一阵阵雷声。狂风卷着暴雨，像在地上寻找走失的孩子似的，东一头、西一头地乱撞。雨越下越大，突然狂风大作，紧接着一个震耳欲聋的霹雳，天像裂开了无数道口子，暴雨铺天盖地朝草原倾泻下来。

阿爸把阿茹娜紧紧地搂在怀里。

身边的马，在暴雨中默立着。

羊群低着头，紧紧地聚拢在一起。它们一生都在为草奔波。羊生性朴实胆小，不管是下雨还是下雪，只要有一点奇特的声响，就足以让它们晕头转向，恐惧地挤撞在一起。它们低下头去，低成一种吃草的姿势，低成一种顶礼膜拜大地的姿势，顽强地挤在一起，好像只有这样才能有效抵制外来的攻击。要想让它们换个姿势或行走，必须有勇敢的头羊或者牧羊犬带路。

草原上的雨是多变的，时而细雨蒙蒙，时而骤雨咆哮。雨来时，排山倒海，随心所欲；走时，风卷残云，悄无声息。

雨过天晴，天空被洗得干干净净，蓝得让人心疼。

一道彩虹从贡格尔河畔跃出，在天空中浓墨重彩地画出了一道绚丽的弧线，又跌入河畔的另一侧。

阿茹娜牵着马，穿过彩虹的光芒和飘荡的雾气，穿过被雨水浇透的草场，在羊群后面慢慢走着。

草原湿润的风里，远远地，不知从什么地方，传来了一阵熟悉的牧歌：

美好的人间，就像彩色的绫罗，

阿爸和额吉，就像二位活佛。

金色的人间，就像多彩的绫罗，

阿爸和额吉，就像二位活佛。

清澈的井水，是人畜生命的源泉，

老人的教诲，是孩儿们生活的指南。

晶莹的泉水，是人畜生命的依靠，

白发老人的忠言，是孩儿们的无价之宝。

乘太阳当空的时候，快把马群赶回来，

乘父母在世的时候，快把他们的教诲记心怀。

乘太阳照耀的时候，快把牛群拦回来，

乘父母在世的时候，快把他们的规劝记心怀。

……

地上的草儿，在雨水的滋润冲刷下，心满意足地舒展着身体。氤氲的贡格尔草原荡漾着清新的青草气息，芳香宜人。

弯弯曲曲的贡格尔河，袒露在夕阳下，缓慢地流淌着，远远看去，像一条发光的银项链。

草原上笼罩着金色的寂静，远处山峦披上晚霞的彩衣，铺展到天边的云朵，也变得火焰一般鲜红。草浪平息了，羊从远方草原走过来，头羊呼唤着四散吃草的羊儿，羊们开始聚拢。羊羔跟在妈妈的后面"咩咩"地叫着，它们永远不会忘记回家的方向。

羊群走在夕阳里，草原和天空连成一片，分不清哪些是羊群，哪些是云彩。

几十匹马，几头花奶牛，夜不归返的驼群，还在河畔轻踱着脚步，悠闲地吃草，尾巴摇晃着驱赶牛虻。

草原深处，一个男孩子在打马奔驰，身后的风中，回荡着一首悠扬的情歌：

骑在马背上天地多宽广，
一首牧歌百鸟来伴唱。
草浪上浮现着银色的毡房，
雨水间辉映着彩虹和牛羊。
我爱着蓝色的湖泊和山冈，
我祭拜着神灵的敖包和上苍。
我心中的赞歌永远为你唱，
我那可爱的游牧故乡！
住在草原上心情多舒畅，
一句祝福让百年吉祥。
宁静中散发着迷人的清香，
无言中传递着激情和善良。
……

整个贡格尔草原，一派恬淡祥和。

阿茹娜神态闲适，在马背上微微倾着上身，和阿爸聊着天。

他们骑在马上的背影，消失在彩虹的余光之中。

二

贡格尔草原的细雨，在夜幕的遮掩下，犹如温柔多情的少女，牵动着听

雨人的思绪，欢快悦耳，清韵悠扬，在草原上飘来飘去。

贡格尔草原夜间绵绵不断的细雨，温馨动人，韵味无穷，有灵秀之气，有清越之声，那节奏、那旋律如琴键轻抚，又如万马奔腾……

黑夜里，传来马的嘶鸣声。阿茹娜快步走出蒙古包，她不放心，要去马厩看看。

现在的草原上，学习骑马的人已经不多，尤其是像阿茹娜这样的女孩子。

长期骑马，阿茹娜有自己独特的心得，一匹马，骑的时间长了，往往会沾染上主人的脾气禀性。马通灵气，当你骑到马上，那匹马立即能感觉到你是陌生人，还是自己人；会骑，还是不会骑。马还能从你的驾驭方式中，感觉出你是急性子，还是慢性子。

阿茹娜爱马，也爱看和马有关的电视剧。一次，阿茹娜看《三国演义》。画面中，赵云的马被利箭射中，轰然倒下，挣扎着，发出一声哀鸣，眼睛泪汪汪的，战马绝望的眼神让阿茹娜流泪了。阿爸说："那种感觉，好像倒下的不是马，而是她。"还有一部关于淮海战役的纪录片，片中讲述国民党黄维军团被粟裕军团重重包围，围而不打，意欲迫使黄维军团缴械投降。长期围困之下，黄维军团没有粮草供应，陷入大饥荒。这时，电视上出现了这样一个画面：地上躺着一匹被杀的战马，几个士兵拿着刀子，正在一块一块地割马肉，鲜血淋漓。看到这个画面，阿茹娜又止不住地流泪了。

她不理解，人怎么能这么狠心？马虽为五畜之首，但在战场上，得到命令，宁可断腿，也会"勒马收蹄"；而人为万物之灵长，紧要关头，却以自己相伴多年的战马充饥……

三

早晨，蒙古包处，一片牛哞羊咩的欢叫声。

一阵阵清凉的风轻轻地掠过，小草左摇右晃，露出藏在草丛中的野花。睡眼惺忪的露珠从草叶间滑落，青草和花朵的味道迎面扑来。

炊烟在蒙古包的上空袅袅升起，天空瓦蓝瓦蓝的。

一处开阔的山坡上，阿茹娜独自赶着羊群，无垠的草原一直向天边延伸。

坡上的小伙子骑在马上，朝着远方的草原，唱道："对面山坡上的姑娘，那清晨的风吹得好凄凉！穿的是薄薄的衣裳，你为何还不回村庄？"

歌声深情悠远，不知道阿茹娜听到没有。

"到了十八岁，辫子长够了尺寸，出嫁到偏远的地方，没什么不好！"长年卧病在床的额吉，没事的时候，就操心女儿的婚事。尽管阿茹娜离十八岁还很远。额吉说："要想知道男人什么样，先看他骑的马；要想知道女人什么样，先看她做的衣裳。"

每当这个时候，阿茹娜都笑而不语。额吉不知道，阿茹娜心里的英雄就是阿爸那样的蒙古男人。

阿爸爱马，懂马。他的生活中从来没有离开过马。二十多岁的时候，他就开始自己吊马。每年他都会参加赛马，得过无数次冠军。

"吊马"是蒙古族最重要的驯马方法，这是一种包括拴吊、吊汗、奔跑训练在内的一整套训练方法，可以避免马在比赛中受伤或者生病。拴吊是每天选择某些时间段把马拴在马桩上，控制其饮食，一个月后腹收膘落。吊汗是通过奔跑让马体排出大量的汗液，并根据汗液特征来调整训练强度。奔跑训练是进行从近至远的快速奔跑，让马逐步适应高强度的运动。这样驯出来的赛马往来疾驰，唯主人心意是从，一天骑数百里，自然无汗，尤擅长途奔袭作战。成吉思汗在垂训中曾说："马喂肥时能奔驰，肥瘦适中或瘦时也能奔驰，才可称为良马。"

二十世纪九十年代的一个冬天，贡格尔草原发生了"白灾"（雪灾）。天气特别寒冷，大风大雪，积雪深到大腿。牧场没有围子，那天晚上，马儿被暴风雪刮散了，四十多匹马一晚上就跑出了一百多千米。马刚一跑丢，阿爸就去追，可是，一连追了几天几夜都没有追到。最后脚也冻僵了，浑身上下被白雪覆盖着，挪不了步子，只好在雪地上生了一小堆火取暖。火光引来十几个过路的年轻人。那些年轻人看到阿爸蓬头垢面、几乎冻僵的样子，以为遇到了鬼。

忍饥挨冻的阿爸返回家来，只暖和了一会儿，就拿上几百元钱，穿上额吉为他准备的毛大衣、毛靴子、毛皮手套和毛毡袜子，带上风干肉、油炸饼、果条儿、奶制品，又出去找马了。这一走，就是三十多天，他走遍了乌兰察布盟四子王旗、锡林郭勒盟西苏旗、西苏旗军马场、二连浩特、东苏旗等地的草原。找不到投宿的人家，就在野外过夜，生火取暖，吃雪解渴，直到把刮丢的马全部找到。从出发到回来大约走了1500千米，投宿了十几户牧民家。四子王旗草原的一位蒙古老人，在冰天雪地里救了阿爸的命，告别时，阿爸留下一匹马，恳求老人收下。

阿茹娜最爱听额吉讲起她是怎么认识阿爸的："你爷爷领着你阿爸来相亲，我姐煮了一锅羊肉。一个礼拜后，你阿爸就一个人骑着马来看我了。那么大个子，却只是低着头，不说话。嘎查的人都说他人品好，勤劳、诚实、讲信用，我心里高兴。"

结婚那天，阿爸带着嫂子和一个同嘎查的男子，骑着马把额吉娶走了。按照蒙古传统婚礼的礼节，接新娘子的人数应该是奇数，其中必须有嫂子，有伴郎。

为了迎娶额吉，阿爸家里新盖了房子，煮了10只全羊，来了100多人。大家一直在草地上跳安代舞，唱敬酒歌。朋友们送来枕巾、茶叶、绸缎，还有2头牛、20只羊、6匹马，从傍晚一直热闹到天亮。

额吉嫁过来的时候，带来了20匹马的嫁妆。

额吉说，等阿茹娜长大了，也要像阿爸和额吉那样，办传统的蒙古族婚礼，她要送给女儿50匹马作为嫁妆。一说到这件事，阿茹娜就害羞得厉害。她在心里想，我才不嫁呢，我要在家里，好好地照顾额吉和阿爸。

长年的风里雪里，额吉患了严重的风湿，两条腿萎缩得厉害，只能在床上躺着。阿茹娜心疼额吉，天气好的时候，就把额吉抱到蒙古包外晒太阳。阿茹娜像羊羔子一样，紧紧地依偎着额吉。阳光暖暖的，照着额吉，照着阿茹娜。看着女儿那张晒得黑黑的脸，额吉落下泪来。

阿爸是草原上的优秀骑手，热爱赛马，懂得驭马术。那年秋天，阿爸戴着额吉给他缝的绿色鹿皮帽子，参加白云敖包那达慕大会，得了走马10千米长途比赛的冠军，奖品是价值500元的双层大毛毯子。阿爸不善于表达感情，可那天他骑马走了200多千米，一进家门，就把额吉抱起来了……

后来，额吉病了，阿爸很伤心，再也不出远门，一有时间，就在家里陪着额吉。

草原上有不少喜欢阿爸的大姑娘小媳妇，阿爸套马的时候、放牧的时候，她们大胆地围着阿爸唱歌，额吉不生气，看到有人喜欢阿爸，额吉的心里高兴得很呢！

额吉有两只心爱的手镯，一个是阿爸在锡林浩特那达慕大会得了冠军后买的，另一个是婆婆送的银镶珊瑚手镯。阿爸和阿茹娜放牧外出，额吉一个人躺在床上，就把这两只手镯拿在手里摸，想着，什么时候才能传给女儿呢，心里又期盼又悲伤。

阿茹娜每天早晨五点多就起床了，冬天可以睡到六点多。生火，烧茶，吃饭。阿爸最爱吃肉和炒米，他一顿能吃一斤肉、一碗炒米。吃完饭，阿爸就出去放牧。阿茹娜去草场总会晚一些，她要照顾额吉。额吉精神好的时候，总要半倚着炕做马靴。牧人一年四季都穿着马靴，阿爸一年要穿坏三双。

四

每天出去找马群之前，阿爸都要算上一卦，算完了他就知道了马群的大概方向。这是草原上老人们常使用的方法。

阿爸与两匹马的感情特别深，就是当年跑丢了的40匹马里面的两匹。一匹马跑得快，名字叫"追风"，参加了当地、外地好多比赛，一直是速度马长短途比赛的冠军；另一匹马是走马，名字叫"连环"，包揽了贡格尔草原走马长短途比赛所有冠军。

蒙古马冬天不怕冻，生草也吃，熟草也吃，不挑食。阿爸也有偏心的时候，每天喂马，总会多喂一些粮草给他的这两匹爱马。这两匹马被阿爸养得鬃毛整齐，身材健壮，四蹄坚韧有力，眼睛炯炯有神，也格外亲近阿爸。

当年额吉病倒，送往医院的时候，两匹马紧紧地跟着护送额吉的车跑，边跑边嘶鸣，一直跟到苏木①的医院。

额吉在诊室里抢救，两匹马在医院外面，喘着粗气，焦虑不安地用蹄子

① 苏木：蒙古语音译，原意是"箭"，意为"乡"。清代用来称呼蒙古旗下辖的一级军事、行政单位。现在内蒙古自治区的牧区仍采用这一习惯称谓，作为乡级行政单位。

刨打着地面。

阿茹娜出来拿额吉的衣服，两匹马朝她跑过来，"咴儿咴儿"地叫着，轻轻地蹭她的脸。阿茹娜搂着马的脖子，哭了起来，有它们在，她觉得自己不害怕了，也不孤单了。

额吉出院后说，要好好养这两匹马，给它们养老送终。

这两匹马都活了二十多年。阿爸把死马抬到山坡高地，让马头枕在石头上，系上蓝色的哈达。

马的生命年龄，大约是人的三分之一，一般马的寿命为二十岁到三十岁。从出生开始，头十二个月算是仔马；五岁之前，是幼龄马；五至十六岁是中年马；16岁以后算是老年马。

现在草原长期干旱，草场退化严重，风沙越来越大。但是，阿爸还是打算在草原待到七十多岁，干不动了再到城里去。他总是对人们说，草原上空气好、水好，羊也都是自己喂的，放牧对身体是一种锻炼。

额吉渴望发明一种药水，能让沙漠变成绿洲。

阿茹娜了解他们的心思，"阿爸和额吉舍不得草原，更舍不得马！"

五

阿茹娜有一个珍爱的羊拐，自小就带在身上。

"玛瑙珊瑚稀世宝，牲畜之中肉是宝，肉之中羊拐是宝。"

在羊后蹄和小腿的地方，有一块游离的骨头，叫"髌骨"，俗称羊拐。这种骨头有宽有窄、有凸有凹、有正有侧，六面六个形状。民谚这样形容："高高山上绵羊走，深深谷地山羊过。向阳滩上骏马跑，背风弯里黄牛卧。倒立起来叫不顺，正立抓个大骆驼。"蒙古人喜欢用五畜的名称给羊拐的各个面命名。

吃羊骨的时候，牧民常把羊拐保存下来，然后涂成红色。等孩子长到三四岁，大人就把染成红色的羊拐拿出来，让孩子辨认哪面是什么牲畜。孩子再大一点儿，就开始参与羊拐游戏了。牧民们喜欢把赢来的羊拐，和自家的一同装在皮袋里，最多的有好几百个。

"拐多之家牛羊多。"一到冬闲季节，不论男女老少，都提着羊拐袋子到处玩耍，他们把赢得对方羊拐看作一大乐事。

牛、猪、猫、狍子身上都有拐骨，但是牛拐骨太大，猫拐骨太小，狍子与羊拐骨相似，但是狍子毕竟是野生动物，很难猎到，数量太少，所以羊拐骨最受欢迎，尤以小羊的拐骨为上品。

现在的牧区，已经不玩这种游戏了。羊拐越来越少，几乎找不到了。

阿茹娜的红色羊拐，从她记事的时候起，就一直陪在她的身边，后来她送给了阿木尔。

阿木尔教会了阿茹娜骑马。他总是鼓励胆小的阿茹娜："一个胆小的人，通过骑马可以坚强起来；一个冲动的人，通过骑马可以抑制他的狂躁。"阿茹娜性格孤僻，不愿意和人说话。她开始学习骑马后，胆子大了，人也开朗了。常常和阿木尔两个人一同上学，一同放牧。

两家的大人也非常要好，夏天一起赶着牛羊转场，走敖特尔，两个孩子骑着马，跟在阿爸们的后面。四个人，四匹马，赶着羊群，行走在草原上。阿木尔的额吉留在家里，给他们熬奶茶、煮肉，忙完了，就站在蒙古包的前面，等着他们回来。

阿木尔家里有一匹母马，难产死了，留下了一个刚生下来的小马驹。他觉得小马驹可怜，天天喂它牛奶。小马驹长大了，一见到他，就围着他转，用嘴去亲他的手，有时，还撒娇地把头搭在阿木尔的怀里。

小马驹长大了，长成了一匹身架匀称、结结实实的小公马。它头部瘦削，前额突出，两眼的间距很大，嘴唇紧缩而富有弹性，前胸宽宽，四肢长长。它酷爱奔跑，经常率领着一群同龄的小公马，纵情奔驰。它一马当先，像一颗金色的流星，仿佛有无穷无尽的力量，不知疲倦地奔上峻岭，冲下山坡，越过怪石嶙峋的溪流和陡峭的隘路，穿过丛林和草原。大地在它脚下飞驰而过，风卷着鬃毛在它身边呼啸，它四蹄翻飞，蹄声如铃铛一样，清脆悦耳。

阿木尔天天骑着小马驹，他喊它"孤儿"。

阿木尔说："小马驹好可怜，因为它从小就没有了额吉。你也可怜，你的额吉病了……"还没有说完，阿茹娜已经哭了！她觉得阿木尔是一个真诚的朋友，就把自己珍爱的羊拐送给了他。

夕阳马上要落山了。草原上，留下一抹最后的余晖。

一匹马，远远地，向阿茹娜奔跑而来。是"孤儿"，它"咴儿咴儿"地叫着。阿茹娜摸了摸它的脸，"孤儿"停住了，安静了。

阿茹娜从口袋里掏出几块奶糖，这种蒙古族特制的奶糖，马儿最喜欢吃。她把奶糖放在"孤儿"的嘴边，待"孤儿"来吃时，她又调皮地移开，"孤儿"不高兴地摇头、踏蹄，跟在阿茹娜后面，直到吃到嘴为止。

阿木尔嫉妒地说："我的爱马和你，倒成了最好的安答（蒙古语，朋友）！"

六

阿茹娜曾经有一匹灰色的小公马，这种毛色的马，到 5 岁后就会变成纯白色。

小公马是阿茹娜亲自接生的，也是她第一次抱着它出去晒太阳、喂奶、喂料。从此阿茹娜走到哪儿，小公马就会跟到哪儿。小公马长成一匹彪悍高大的成年马后，每次从野外吃草回来，一看见阿茹娜，就会大老远跑过来闻她。

每一个爱骑马的人，一定先是一个爱马的人。爱马，就要先懂得如何照顾马。"马就是和我们生活在同一个屋檐下的家人。"每天早晨，阿茹娜都要打扫马圈，清理马匹卫生。

马蹄经常被泥土、草屑、木屑或者粪便填塞，长时间不清理就会溃烂。阿茹娜将马牵出马厩，第一件事情就是抱紧马蹄，用蹄钩将马蹄内的填塞物顺向清除出来。然后，开始刷马、洗马，刷马有助于马的血液循环，保证马体干净，毛发光泽顺滑。洗马的时候，阿茹娜非常小心，不让水流到马耳朵里，否则会引起耳疾。

小公马长到四岁的时候，被一个外地的养马人相中了，要高价购买回去当种公马。拉马这天，小公马被装进封闭严实的汽车上。它挣扎着要跳下来，不顾死活，左冲右突，撞得车上的护栏"咣咣"直响。知道自己挣脱不了，小公马悲伤地朝着车下的阿茹娜打着响鼻，一圈一圈地在车里转。阿茹娜哭了，她不忍心再看下去，捂着脸，转身跑回了家。小公马在车上扬起前蹄，准备往车下跳，买马人着急了，拿着棍子，把马打了回去。一旁站着的阿爸搓着双手，急忙摇着头说："这马我不卖了，不卖了。"他正要上车去解绳子，一切都晚了，小公马长嘶几声，"咣当"一声，栽倒在车上，死了。

大家都傻了。

小公马依恋这个家，宁愿死也不愿意离开。

阿茹娜经常会梦见小公马。梦里面，马儿还是刚出生不久的样子，她抱着它出去晒太阳，春风和煦，阳光温暖，小马驹围着她跑来跑去，嗅着她的手，一双眼睛润润的，瞅着她，好像在对她说话。突然，小马驹嘶鸣起来，倒在了地上，一双眼睛睁得大大的，悲哀地、绝望地瞅着她，阿茹娜抱着小马驹的头，哭醒了。

草原上的花儿最美丽，蒙古族姑娘的心灵最美丽。

阿茹娜第一次独自骑马放羊，是在八岁那年。阿爸去旗里办事，太阳快落山了，还没有回来，额吉焦虑地不停唠叨着。阿茹娜按照阿木尔告诉她的办法，踩着凳子将马鞍放在马背上，骑着马到山上，把羊群赶回了家。

阿爸回来后，并没有夸奖阿茹娜，而是平淡地说："我们蒙古人，都应该学会骑马，你也不例外！"

从那以后，阿茹娜时常独自骑马在草原上奔跑，渐渐摸清了马的种种习性，也越来越喜欢骑马。每年暑假，她都会去夏牧场，帮阿爸放牧。

阿茹娜骑上马在草原上奔驰的时候，就会热血沸腾，内心深处升腾出一种平时无法体验的征服感。她想要的不仅仅是会骑马，她希望自己能够成为像阿爸一样优秀的骑手，在那达慕和男骑手们一决高下。阿爸很高兴，希望这种古老的传统在女儿的身上传承下去。

额吉也默默支持阿茹娜的选择，她开始为女儿缝制赛马穿的蒙古袍。

七

贡格尔草原每年举行一次"乌那汗珠拉格"，汉语称为马驹节，一般在农历五月举行。这是蒙古民族庆贺牧业丰收的喜庆佳节，也是文化娱乐活动形式。在牧民的心中，马驹节"像湖海一样丰溢，像白云一样纯洁，像宝石一样珍贵，像母乳一样神圣"。

五月，天寒水瘦、草叶枯黄的贡格尔草原，蜕变成一个清新鲜活的世界，天空湛蓝高远，大地辽阔泛绿，大群大群新生的马驹和羊羔，奇迹般地闯入这个世界。在冷风寒雪、奔波劳累中挣脱出来的牧民，望着天地之间各种鲜活的生命，他们寻找平坦辽阔、水草丰美的地方，以嘎查或者苏木为单位，开始祭祀天地，庆贺丰收。

草原上的马驹节，大多是农历五月十五日。在三天的时间里，会举行蒙古族传统的"男儿三艺"。草原上的牧民全家出动，无论男女，纷纷穿上艳丽的蒙古袍，骑上早已训练好的赛马，从四面八方赶到会场。广阔的草地上搭满帐篷，人山人海，平时分散居住的亲朋好友相见，或对酒高歌，或倾心交谈，喜气洋洋，热闹非凡。

马驹节上最高兴的，自然是孩子们。他们不仅能在这里见见世面，认识一些亲朋好友和小伙伴，更能展示一下各自精湛的骑技。如果说，那些活蹦乱跳的小马驹，向人们展示的是畜牧业的丰收；那么矫健活泼的儿童，展示的则是蒙古族后代的朝气蓬勃。准备参加赛马的人家，往往在马驹节的前一个月就忙碌起来，按照严格的程序，调节马的饮食起居，使其身轻体健，奔跑如飞；还要指导孩子，如何控制骏马的速度和最后冲刺的艺术。

阿茹娜参加的是十二岁以下选手的骑马比赛，她的赛马就是阿木尔的"孤儿"。选手除阿茹娜外，还有四名女孩，其余的是男孩。

蒙古人一直被世人称为马背民族，提起赛马，人们马上联想到彪悍的蒙古大汉。可是，没有在草原上生活过的人们不知道的是，貌美如花的蒙古族姑娘在马背上的飒爽英姿，与男人相比没有丝毫逊色！

比赛前的一个月，阿茹娜带着"孤儿"进行训练。阿木尔为了让"孤儿"有好的体力，每天都在给它加料，喂胡萝卜，增加营养。

"能进入前五名就满足了！"阿爸一边为阿茹娜编织皮鞭，一边感慨自己的老迈，"只有知道自己不能骑着光背马飞奔时，才不得不承认自己老了。"

额吉心中却有一丝忧虑，阿茹娜这几天感冒了，身体发烧，四肢无力，亲戚朋友们纷纷劝她放弃比赛。可是阿茹娜不甘心，她吃药早睡，为的就是有最好的精神状态。

夜里，额吉看见女儿睡着了，嘴唇还紧紧地绷着，一副不服输的样子。

额吉喃喃地祈祷："长生天啊，让这孩子完成她的心愿吧！"

八

马是五畜之首，飞驰的铁蹄，把光荣和强盛带给蒙古民族。蒙古人把骏马看作极其高贵的牲灵，爱骏马，敬骏马。马驹节的盛会，自然也以马为代表。每家每户总是把最好的母马和马驹，牵到马驹节的现场，然后把它们分开，拴在长长的练绳上，让来自四面八方的牧民观赏。马驹节开始前，要选几位丈夫健在、儿女双全、干净利落的已婚妇女，把母马的奶挤满一桶，交给主持者向天地祭洒。

那些牵来马匹的牧民，往往将此看作吉祥的事情，争着让挤自家的马奶。

祭奶仪式由德高望重的长者主持。他头戴礼帽，身着长袍，腰里系着蒙古刀、火镰口袋、鼻烟壶和褡裢。他将女人们挤下的鲜马奶，用一种带柄的银杯舀出，从正北开始，向四方泼洒，每个方向泼九九八十一杯。

仪式结束了，赛马正式开始。

阿茹娜身穿绣着蓝纹饰的粉色蒙古袍，头戴狐皮蓝顶绵帽，昂首挺胸地站在赛手中间。细长的眉毛、黝黑而深邃的眼睛、高高的鼻梁，让她在一群小赛手中格外引人注目。"孤儿"今天也非常神气，阿木尔特意把一条蓝色的哈达系在"孤儿"的额头上，还用白绸布把"孤儿"两耳间的鬃毛扎成一个小辫，朝天直立，像一面骄傲的旗帜。

阿茹娜左手提着缰绳，右手握着马鞭，专注地看着前方，一副志在必得的样子。没有人知道，她的感冒还没有好，还有些昏沉。

阿茹娜鼓励地拍了拍"孤儿"的脖子："孤儿，看你的了！""孤儿"懂了主人的意思，放松地点了点头。

一百多匹各种装扮的骏马伴着烟尘嘶鸣着，流星一样掠过草原的时候，欢呼声轰然响起，草原向阿茹娜的身后飞速倒去。成百上千的观众，有的骑着马，有的骑着摩托车，在赛道两侧跟着飞奔，呐喊着，呼啸着，为家人或者自己喜欢的骑手加油。

开始时的五千米赛程，骑手们几乎并驾齐驱，不分胜负。慢慢地，就拉开了距离。"孤儿"四蹄飞腾，好像不着地一样，草原的长风扬起了"孤儿"的鬃毛，俊逸昂扬的雄姿撼人心魄。它的鬃毛像火一样，把每一个蒙古人的眼睛点亮。

这一刻，是飓风一样的速度和力量，是人与马、自然与天地的完美融合。

阿茹娜感觉"孤儿"不是在奔跑，而是在飞翔。她和"孤儿"已成为一个整体。他们的血液在一起奔涌着。此时此刻，阿茹娜才理解了阿爸的话，草原上的赛马不是赛你胯下的骏马，也不是赛你的骑术，而是在赛你和你的骏马是不是一个整体。人和马的力量要合而为一，这样，你才能一马当先。这一瞬间，阿茹娜感觉她和"孤儿"成为一体，血脉相通了。

突然有几匹马冲了过来，跑到了阿茹娜的前面，马背上的男孩回头得意地向阿茹娜甩着鞭子。阿茹娜不甘示弱，可是，她舍不得扬起她手中的鞭子，她想，"孤儿"应该懂得她的心思。对真正的骑手来说，赛马是一种驾驭的技巧，更是一种人与马沟通的艺术。

恍惚中，她看到阿木尔骑着摩托车，在赛道上陪着她疾驰。距离那么近，都能看到他脸上的焦虑和不安，阿木尔冲她大叫着："阿茹娜，别着急，你是最好的。"

阿茹娜再也忍不住自己的眼泪，她想起为了今天的比赛，每天清晨，阿木尔早早起来，牵着"孤儿"，在草原上冰凉的空气中溜达、驰骋，让马儿热身。在薄薄的、冰冷的晨雾里，阿木尔和"孤儿"的身影那么真切又那么模糊。

阿木尔希望和阿爸一样做一个牧人，每天骑着马，赶着羊群，到草原深处放牧。而阿爸让他好好学习，将来考上大学，到城里去。

阿茹娜和阿木尔的阿爸想的一样。只是，她没说。因为，阿茹娜自己是要留在草原的，留在阿爸和额吉身边，留在马的身边。

一次，他们骑着马，跟在羊群后面回家。黑暗即将笼罩大地的时候，草原上响起阿木尔的歌声：

你有一个花的名字，

美丽姑娘阿茹娜。

你有一个花的笑容，

美丽姑娘阿茹娜。

你像一杯甘甜的美酒醉了太阳醉了月亮，

你像一支悠扬的牧歌美了雪山美了草原……

这是阿木尔改编的歌曲，原歌曲的名字叫《卓玛》。阿茹娜看不到阿木尔的眼睛，但是，她从阿木尔的歌声中，听到了他内心的孤独和忧伤……

十千米赛程眼看就要到终点了。前方，还有一黑一白两匹马，像黑白两面旗帜，在引领着阿茹娜。

阿木尔不停地喊着阿茹娜的名字。

这个时候，离终点只有四五百米，阿茹娜紧咬嘴唇，轻轻地用马镫磕了一下马腹。"孤儿"长嘶一声，开始奋力冲刺，它的头和脖子几乎拉成了一条直线，似乎要变成一支利箭，把自己射向目的地。它超过了白马，但是，在最后的紧要关头，"孤儿"和那匹黑马头尾相并，几乎同时冲过终点。

九

在欢呼雀跃的人群中，一个老人走到获得冠军的头马面前，手捧哈达，哈达上放着一个羊头，羊头面部抹着圣洁的鲜马奶。老人走到获得冠军的马面前，把鲜奶洒在马身上，抹在马头上，高声唱着：

毡帐之民都来聚集，

啊，这珠拉格盛会上，

脱颖而出的骏马——

脖颈上系着龙王的彩带，

胯骨上打着经师的烙印。

大象般的头颅，

鱼鳞般的腭纹。

苍狼般的双耳，

明星般的眼睛。

彩虹般的长尾，

丝绒般的顶鬃。

每个关节上长满茸毛，

每根茸毛上流金溢彩。

这匹天造地设的神驹宝马哟，

把那吉祥圣洁的鲜奶涂抹在你身上。

……

马驹节要奖励前十名获奖的赛马手。不过第十名，并不是第十个跑来的骑手，而是跑在最后的那位。牧民认为，跑在最后的人，把大家的福气全收了回来，因而要奖励他，骑手也受之无愧。颁奖的时候，要举行隆重的仪式，先把这十匹马拉到会场前面，依序一字儿排开。

"孤儿"获得了第二名。

阿茹娜站在"孤儿"的前面，老人走过来，把鲜奶涂抹在"孤儿"的额上、鬃上、尾上和阿茹娜的马鞭上，随即拉开抑扬顿挫的腔调，高声唱道：

……

金鹿再快，

难步你的后尘；

黄羊再远，

不能与你并肩。

奔腾的地方清泉喷涌，

翻身的地方红花开遍；

歌手看见你放声歌唱，

琴师看见你拉响琴弦……

十

在临时搭建的蒙古包里，阿茹娜甜甜地睡着了。

梦里，黄昏后的草原上，响起悠扬的歌声：

立着鬃毛的青马哟，
是枣骝马的驹儿。
往来徘徊的姑娘哟，
停留停留再走吧。
云雾弥漫的山顶上哟，
牵着马儿去攀登。
我那眷恋的姑娘哟，
谈上几句知心话吧……

"孤儿"披散着长长的鬃毛，悠闲地低头吃草；一会儿抬起头来，深情地看着阿茹娜，它的眼里有光。阿茹娜轻轻地抚摩着它，它跑了起来，阿茹娜在后面追赶着、呼喊着。"孤儿"奔向天边的大漠，阿茹娜急了，她扬起手，抛在空中的水瓶里的水飞洒了出来，在广袤的天空中，扬成一道浩瀚无际的河水，泼洒在荒芜的大漠上，一瞬间，大漠上长出了葳蕤的绿草。

阿茹娜突然想起，这就是额吉常说起的那种能让沙漠变成绿洲的神奇药水。

蒙根其其格的歌声

一

蒙根其其格是牧马人哈斯达赖的独生女，从小失去母亲，和父亲在草原上长大。

在一大片广袤的草原的尽头，有几座起伏的小山，环抱着一个新扎起来的蒙古包。这里就是蒙根其其格一家的夏季敖特尔。

蒙古包前面的空场上，几匹母马被拴在那儿，蒙根其其格正提着桶，蹲在马的左侧熟练地挤马奶。粉色的蒙古袍衬托着碧绿的草地，宛如盛开的萨日朗①。

在牧区，挤奶的活计都是由女人来干，不过牵马驹的活计总要有个男人当帮手，挤奶的时候要把马驹拴在练绳上，控制它吃奶。马驹往往不听话，拼命挣脱，一不小心，奶桶就会碰翻了。拴上一两个小时之后，再把马驹牵到母马眼前，可以诱使母马多下奶。这样，一天能挤七八次马奶。

有一只刚出生不久的马驹，蒙根其其格没舍得把它拴起来。小马驹知道它的食物被掠夺了，不时地跑到母马的身边，不甘心地转悠着，趁人一不留神，就把头拱在母马的肚皮下，偷奶吃。

蒙根其其格放下桶，追过去，扬着手，把它赶走。

小马驹跑了一圈儿，又转了回来。这回，不敢上前了，只是远远地站着，瞪着两只黑黑的大眼睛，可怜兮兮地看着蒙根其其格。

蒙根其其格的桶里只有小半桶稀薄的马奶。每匹马只能挤出一点点的奶，马奶在桶里摇晃着，在太阳的照射下，泛起一层清冽的光芒。

"没办法，草不好，马吃不饱。"蒙根其其格无奈地说，脸上突然挂上了

---

① 萨日朗：草原上的山丹花，细小的茎叶，火红的花冠向上卷起，代表团结、热烈、奔放。

淡淡的愁容。

远处，一个人骑着马跑了过来。

马蹄扬起的尘土弥漫开来。

哈斯达赖从马上跳下来，拍了拍身上的土，对我说："赛拜努（蒙古语，你好）！"

"赛拜努！"我应了一声，随即不好意思地笑了。我的蒙语太蹩脚了。

我指着蒙古包前的摩托车问："您怎么不骑它啊？"

哈斯达赖不屑地说："蒙古人一离开马，能做什么呢？"

蒙根其其格笑着对我说："你不知道，我阿爸最爱对人说的话就是，吃油的跑不过吃草的，那些铁家伙不行！"

我和哈斯达赖一起笑了起来。

哈斯达赖摘下带檐的蒙古帽，露出脑后的辫子。据说这种帽子最初的设计者是忽必烈的皇后察必夫人。蒙古帽古时并无檐，察必皇后见忽必烈狩猎时阳光刺眼，就加了前檐。这种帽子就传了下来。

哈斯达赖放了一辈子的马，离不开马。他说："歌声是蒙古人的翅膀，马儿是蒙古人的安答。"

蒙根其其格走进蒙古包里，熬奶茶去了。

哈斯达赖给我讲了一个蒙古人的传说。很早很早以前，水草丰美的草原上，只有成群的牛羊，天上的仙女感觉这是一种欠缺，把头上的宝钗扔下来。宝钗落到半空，一声霹雳，红雾弥漫，天空被炸开一道缝隙，眨眼间成群的追风马、千里马、流云马降落到草滩上。马蹄乍一落地，就在大地上形成一股巨大的狂飙。

蒙古人相信马是长生天赐予的神骏，没有马，蒙古人就没有了信仰，没有了神明。

我俩坐在草原上聊起来，空气里到处弥漫着青草的味道。

哈斯达赖从20岁的时候就开始放牧了。那时候家里的牲畜很多，自己放不过来还会雇人放。到了二十世纪八十年代，连续几年的雪灾，牲畜几乎死光了。蒙古人有个传统规矩，叫"苏鲁克"，就是牲畜多得忙不过来的人家，可以把牲畜托给别人养，就是给你多少只羊，还回来的时候还要多少只。这个基础的数不能变，新繁殖的牲畜归放牧的人。也有不给雇工牲畜，给现钱的。

谚语说："熬过黑夜就能见到光明，熬过苦难就能得到幸福。"雪灾之后，哈斯达赖就是靠给别人养"苏鲁克"，又慢慢发展起来的。从养羊开始，一直到现在养马。

哈斯达赖家里只有14000亩草场，把羊放进去，不消几年就都给踩坏了，所以又另外租了15000亩，两边草场轮换着用。牲畜有牲畜的特点，在一个地方放牧，最外围，跑得最快最远的是马群，中间离水近的是羊群，离家近的是牛群。就是这样，一个圈子套着一个圈子。

可是草场毕竟还是太小了，马跑不开，一旦跑到别人家的草场上，还会引起纠纷。哈斯达赖举起自己的手掌，伤心地对我说，就这么巴掌大的一块草场，成群的羊在上面踩来踩去的，经得住几天呢？

女儿蒙根其其格中学毕业后，跟着父亲一起骑马放牧。蒙根其其格年轻，对牧业有长远科学的规划，她向父亲提议把羊全部卖掉，发展马和牛。所以，家里现在有200多匹马，几十头牛。

哈斯达赖说："只要勤劳，就是遇上再大的灾，也能够过上好日子。"

聊了好半天，天要黑了。哈斯达赖掏出手机，拨了几个电话，说了一阵子蒙语。

不一会儿，相继来了几个骑马的蒙古人。哈斯达赖对我说，邀请了几个共同爱马放马的朋友，晚上一起陪我喝酒。

我很感动，可是我喝不了酒。

我一直陪着，看他们喝。

几个面色黝黑的蒙古牧人，吃着手把肉，不紧不慢地喝着酒。有一会儿，我看到他们彼此说得很热烈，看到我一副迷惑不解的表情，哈斯达赖对我解释说，他们在说他骑的那匹马，苏木最近要赛马了，哈斯达赖要骑着这匹马去比赛。其他的牧人看着我，不说话，可是眼睛里全是笑意。

蒙古人不喝哑酒，不吃闷席。后来，他们就唱歌，一边唱，一边喝。哈斯达赖好像要醉了，冲着我，用汉语开始唱：

我的青海骝哟，

走起来如同出弦的箭；

我的青海骝哟，

跑起来如同出膛的弹。

……

二

第二天一早，天刚刚放亮。

草原上蒙着一层奶白色的雾，薄薄的，像飘荡的轻纱。雾气里，蒙根其其格柔美的身影半跪在奶牛前，她的侧脸在晨光里发出淡淡的亮。奶牛一动不动地立着，不远处，那只调皮的小牛犊低着头，贪婪地望着蒙根其其格身边的奶桶，温热的牛奶在蒙根其其格的手中滋滋地挤出来，溅进桶里。蒙根其其格边轻缓地挤着奶，边低低地唱着歌：

春天里的百灵鸟儿啊妈妈，

沿着山冈来去叫。

春三月的女儿呀妈妈，

我想念妈妈心如刀绞。

夏天里的百灵鸟儿啊妈妈，

围着营盘飞舞欢唱。

夏三月的女儿呀妈妈，

我思念妈妈悲戚难当。

秋天里的百灵鸟儿啊妈妈，

绕着水草盘旋啼鸣。

秋三月的女儿呀妈妈，

我怀念妈妈泪水涟涟。

冬天里的百灵鸟儿啊妈妈，
贴着树林展翅歌唱。
进入了冬三月呀妈妈，
我惦念妈妈眼泪汪汪。

四季里的百灵鸟儿啊妈妈，
在广阔的天空自由飞翔。
四季里的女儿呀妈妈，
我追念妈妈黯然神伤……

我站在一边，仿佛站在一幅名叫《草原晨曲》的木刻画里，竟不敢呼吸，生怕打扰了眼前这宁谧又忧伤的画面。

哈斯达赖显然也听到了蒙根其其格的歌声，缓缓地走过来，问我："睡好了没？"

我回过神来，说："睡好了。"

转过头去，雾气已经散尽了，蒙根其其格提着满满的奶桶，走到蒙古包前的木架旁，小牛犊紧紧跟在她后面。这些牛奶发酵以后，就可以制作各种奶食品了。

每年的四月到九月是草原上挤奶的季节，每户牧民天天都要重复这种挤奶劳动，然后再做成奶食品。奶食品是牧民的主要食品，和肉食一样重要，出售奶食品也是牧民主要的收入来源。

三

我沿着附近的草场走了一圈，发现蒙古包的周围草根裸露，到处是坚硬的沙地。蒙根其其格说，因为马和牛每天都要回来喝水，把草给踩死了，露出了沙子。

夏天放牧，从前都是到河边去饮牲畜。可是现在，河边的草场成了别人家的，你只能在自己家的草场里饮牲畜。

于是，蒙根其其格和父亲商量，在离家比较远的草场上，打了一口井，修了一个水泥蓄水池。牛羊喝水都往这个地方去就行了。

如果新的饮水点也被踩坏，就再换一个地方，再修一个池子。

打一口井，修一个蓄水池，要花掉好几万。可是，哈斯达赖说不这样做不行，否则，再这么下去，就会寸草不生，草原就会彻底沙化。

哈斯达赖告诉我，对牧民来说，冬季草场是最重要的。寒冷，对牲畜是最大的威胁。如果再吃不上足够的草，身体羸弱的幼畜、病畜就会被冻死。冬天风大，雪被风吹过，上面结一层厚厚的硬壳，不破雪，羊是吃不到草的。所以，有些没有马的牧民，就会来哈斯达赖的家里借马群。因为在冬天，羊群跟着马群走，羊可以吃马粪，而且马可以刨开雪，露出草。

"没有棚圈的牲畜难熬风雪，没有朋友的人难渡困苦。"哈斯达赖在自己家的冬季草场上盖上了棚圈，这样能让牲畜暖和一些，不受罪。

我听了，感觉牲畜被冻死了可惜。哈斯达赖却平静地说，如果牲畜扛不住了，被冻死也是应该的，剩下的牲畜肯定是最优良、最强壮的。

许多牧民采取"游"起来的策略，冬天不再住在固定的砖房里，而是坚持住蒙古包，跟着牲畜，在草场上游动放牧。尽管挨冻受罪，可是减轻了冬场的压力。

哈斯达赖对目前的生活很满足。他说："我现在过得不错，经常有人劝我，你们那么多钱，怎么不盖个楼住呢？我说不行，我从小住惯了蒙古包，现在连砖房子都不想住呢，怎么会去住楼。又有人说，你们现在有钱了，该享受享受了。可是我们习惯干活儿了，停下来浑身不舒服，我们放牧人，最开心的事，就是把马、牛、羊都养得好好的，让它们过上好日子。"

可是过了一会儿，他又叹了口气，说："还是要买楼的，蒙根其其格大了，将来结婚要住到城里去。"

远远地，我看见马群奔驰而来，是蒙根其其格骑着马，拿着套马杆，把马群从远处的草场赶回来了。

哈斯达赖也向远处张望着，曾经白雪皑皑的远山现出了黑乎乎的颜色，傲然挺立，冷峻壮美。近处的草原上，已经现出早春的生机。

他微微凝了凝神，说："蒙根其其格是个好女儿，从小跟着我一起放牧，懂得草原，懂得牲畜什么时候该吃些什么草，什么时候该到什么样的草场上去，甚至生病的时候该吃点什么草药都知道。可是，她毕竟是一个姑娘，不能一辈子生活在草原上。"

我的心里突然涌起一种震撼，那种震撼是言语无法形容的。我感到大地都在马蹄下微微震动，马群从我身边奔驰而过。疾驰而过的，还有蒙根其其格脸上快乐和自豪的笑容。

四

拾牛粪是蒙根其其格的另一项重要工作。蒙根其其格家的干牛粪堆得很高，摆放得很整齐。牛粪车停在距蒙古包很远的西南边，车上有一个牛粪筐，是蒙根其其格捡牛粪用的。

干牛粪是草原上重要的燃料。夏天，新鲜的牛粪是稀的，圆圆的一摊，碰不得，要等到在草场上自然风干。牛粪干了就变成椭圆的硬块，可以整块地捡起来，这时就可以烧火了。干牛粪和木柴相比，能避免破坏植被；和煤炭相比，不会导致碳排放不平衡；而且干牛粪更容易点燃，烧起来非常清洁，没有烟尘；还有一个最大的好处，干牛粪的灰烬撒在草场上，还可以滋养草木。

我告别哈斯达赖父女俩。蒙根其其格朝着我远去的背影，泼洒鲜奶，祝我一路平安。

我回过头来，看见哈斯达赖和蒙根其其格还站在蒙古包前望着我。父女俩再次向我挥着手。

有风吹来，柔柔地，痒痒地，都吹进眼睛里。

远处，牧草青青，有牛哞哞的声音，羊咩咩的声音。

结婚后，住进城里的蒙根其其格们，她们的孩子不知道还会不会熟悉这些声音，热爱这些声音？

可是，没有了蒙根其其格歌声的草原，会让人心碎。

兄弟赛马手

一

塔拉走出蒙古包，看见心爱的枣骝马站在月光下。枣骝马瞅见他，扬起头，朝他咴儿咴儿地叫着。

塔拉最近失眠，夜里睡不着觉的时候，总是听到有马的叫声、奔跑声。他一次次地起床，走出去，每次都会看到在外面站着的枣骝马。

枣骝马瞅瞅塔拉，这么晚了还不睡觉？枣骝马的心里很疑惑。人和马不一样，马儿几乎一天都不合眼，只是站着眯一会儿，短的时候只有几分钟。一闭眼，一睁眼，就是一觉儿。马儿睡醒了，安静闲适，悠然自得。可人不行，人要是失眠了，痛苦焦虑得想自杀。

塔拉重新回到蒙古包，悄悄躺下的时候，发现哥哥朝鲁睁着眼睛，默默地瞅着他。

朝鲁知道塔拉失眠的原因。马上就要举行那达慕大会了，作为贡格尔草原上远近闻名的赛马手，塔拉曾经获得了五次冠军，亚军、季军多得记不清了。朝鲁知道弟弟的心思，这次他还要参加，打算骑着枣骝马，夺第一。

几年前，塔拉参加那达慕赛马比赛，得了冠军，奖品是一匹两岁口的儿马驹子。塔拉和朝鲁如获至宝，精心呵护，把它驯养成了一匹擅长奔跑的赛马，就是现在的枣骝马。

贡格尔草原上养马的牧民很多，大多养着几百匹马，个别的还养了上千匹马。可是塔拉家里马不多，除枣骝马外，还有五匹马。一匹种公马。两匹母马，各带一匹马驹子。还有一匹骟马，是家里平常出去办事用的骑马。

塔拉从7岁开始，因为家里没有赛马，就被别的牧民请去打比赛，得了名次，可以从奖金或奖品中分到一笔费用。塔拉不明白，牧民为什么把参加赛马叫作打比赛。后来，他明白了，草原上的赛马，这项古老的竞赛活动，不论是对骑手还是对马，都是一件磨炼意志、挑战身体极限的事情，很残酷，随时都有生命危险。

塔拉身材瘦小，一副营养不良的样子。这种体型的选手，马的负担轻，跑得快。

额吉去世了，留下了塔拉、哥哥和阿爸。

做饭、挤奶、熬茶……在牧区，这些活儿，都是女人干的，现在，大都让阿爸承包了。

自从额吉走了之后，一辈子热爱骑马的阿爸很少说话，只要他一开口，常说的一句话，就是催促哥俩赶紧结婚，娶个媳妇回来。

可是，家里太穷了。现在，牧区的女孩子考上大学，几乎全留在城里工作。没考上大学的，宁愿到城里饭店当服务员、歌手，也不愿意回到草原了。在牧区，有的蒙古族小伙子只会放牧，又不会讲汉语，娶媳妇，太难了！

"要想知道男人什么样，先看他骑的马；要想知道女人什么样，先看她做的衣裳。"家里虽然穷，但是阿爸还是告诫哥俩，必须要找一个贤惠的媳妇。

每年，塔拉之所以到处参加比赛，是因为他的心里一直有个愿望，比赛挣钱，贴补家用，然后帮助哥哥娶一个媳妇。今年，他挣钱的心愿，是给阿爸买一副上好的马鞍。

马鞍子对蒙古男人来说，就像头饰对于蒙古女人一样重要。马鞍的发明，让所向无敌的蒙古人跃上马背，成就了蒙古人统治世界的辉煌业绩，因此，蒙古人特别崇拜和尊敬马鞍。蒙古人有一副称心如意的马鞍，就像汉族农民买到一块土地一样，那是一件非常惬意和隆重的事情。"女人有钱戴在头上，男人有钱用在马上。"一匹训练有素的快马，配上一副雕花镶银的马鞍，体现着主人的身份和地位。时至今日，在广阔的草原上，拥有一副好的马鞍，仍然是每一个蒙古男人的向往。

蒙古族自古以来就善于制作马鞍，而且善于装饰马鞍。草原上的匠人能制造出十分合体的马鞍，不但主人骑着舒服，连马也会感到舒服。富贵人家的马鞍子，有金马鞍、银马鞍、铜马鞍、景泰蓝马鞍。除此之外，在马鞍其他部位，还要镶嵌骨雕或贝雕，雕镂出各式各样的花纹。蒙古人对马身上的用具非常重视，它们往往做工精美，种类繁多，仅仅拿马笼头来说，就有用皮条编织成的笼头、串铜镜笼头、镶嵌景泰蓝饰片笼头等。有的马的头上还佩戴着腮花、鼻花、绣花搭脑、盘胸铃串等饰物。

马鞍是骑手和马的重要装饰物。经过千百年的传承，蒙古马鞍具的制造已经形成独特的装饰艺术，有自己生生不息的传承人。

塔拉家里的毡房陈设简陋，里围毡的正中挂着一幅成吉思汗像。西侧酸奶缸的边上，摆放着一副马鞍。这是塔拉的爷爷年轻时找匠人打造的。现在已经破旧不堪了。蒙古族风俗中，蒙古包的西半边，是男人摆放用品的位置。

所以，塔拉要给阿爸买一副新马鞍。

赶着白云走的阿爸，马背上的颠簸，让一辈子放牧的阿爸冷淡了温柔；追着太阳走的阿爸，马背上的沧桑，让一辈子放牧的阿爸来不及回首……

好马配好鞍。阿爸有一位好安答，叫孟和巴特尔，他的家里有一副漂亮的马鞍。马鞍配以两斤重的白银坠饰，雕花精致，还镶嵌着红玛瑙、绿松石。

这副马鞍，看得塔拉目瞪口呆，也让阿爸羡慕不已。

蒙古人从不介意向别人展示财富。男人用财富装饰马鞍，而女人用财富来装饰头发。

在牧区，骑马的牧民虽然越来越少了，不过如果你懂蒙古语，就会发现，一群牧民坐在一起，聊上几句，就开始聊马，从那达慕上的马，聊到那达慕大会参赛的骑手，以及选手的马鞍。

如果谁的家里有几匹称心如意的赛马，再配上一副漂亮的马鞍，那则是地位和身份的象征。尤其是马争得了冠军后，马主人高兴得闭不上嘴，好像跑第一的不是马，而是他自己。

那达慕参赛的骑手大多是十岁上下的小孩，他们穿着彩色的赛马服，在开赛之前，兴奋地骑着马，几百人聚集在赛场上，彩色的飘带迎风飞舞，场面壮观。

草原的雨又下了起来。

塔拉牵着枣骝马，在草原上躲雨。

每天，塔拉都要牵着枣骝马，在草原上找新鲜的草吃。

在赛马之前，要让马少吃草，然后吊起来，这样马的肚子就缩小了，变得身材匀称，便于在赛场上奔跑。

雨下得好大。塔拉把身上的雨披脱下来，搭在了枣骝马的身上。

枣骝马岔开四条腿，让塔拉钻到肚皮下躲雨。

塔拉想起额吉活着的时候，下雪天，额吉会把刚出生不久的马驹子抱到蒙古包里，怕在外面冻死。在塔拉最深刻的记忆里，一只小羊羔刚生下来，母羊就死了，没有吃上母乳的小羊羔东倒西歪，趔趄着。额吉解开袍子，露出自己饱满的乳房，额吉左手抱住小羊羔，让小羊羔叼住了自己的乳房。当时，额吉哼着歌，看着小羊羔，眼睛里流淌的是慈祥，是爱。只有那个时刻，额吉是幸福的、快乐的。可是，在平时的时候，额吉的脸上布满了愁云。因为家里太穷了，靠给别人家养"苏鲁克"维持生活。在内蒙古草原，没有牲畜的牧民代养富裕人家的牲畜叫养"苏鲁克"，在双方约定的代牧期限内，放牧的牧民留下全部或一定比例的仔畜及其他畜产品，以此作为放牧的酬劳。约定的酬劳形式不一样，有的牧民不给仔畜，而是给付放牧费。

塔拉心里一直疼，他永远忘不了这一幕。

塔拉经常想起额吉，他只能在梦中见到额吉。梦中的额吉一如活着的样子，总是在挤奶、熬茶、煮肉，塔拉好想拉住她。可是，每一次梦中醒来，蒙古包里仍旧空空，不见额吉的身影。

"春天的小草，你为什么不说话？请你告诉我阿妈她在哪儿！冬天的雪花，你为什么不说话？请你告诉我阿妈她在哪儿！阿妈，阿妈，儿子已经学会煮奶茶。飞翔的大雁，请你捎上一句话，让我梦中的阿妈早点回家；满天的星星，请你照亮这草原，让我思念的阿妈早点回家……"有泪，从塔拉的腮边无数次流下。

额吉说，草原上要有"五畜"，即马、骆驼、牛、绵羊、山羊。"五畜"中如果没了一种，草原就缺了一种色彩。

马和骆驼的活动范围大，养一群马需要上万亩草场，但并不是说这上万亩草场只能养马，马可以和羊分享草场。马跑过去，吃过草后，牛和羊可以跟在后面吃。这种游牧的养畜方式，对草原的伤害不大。但是草场划分以后，养马和骆驼的整片草场变得很小，马没有可走的地方，总在围栏里转悠，对草场的破坏就立即显露出来。牧民渐渐放弃驯养大畜，不仅是马和骆驼，连牛也减少了。

额吉痛心地说："草原不健康了。"

额吉熟悉草原，熟悉如何养畜。她认识草，知道哪一种草可以解渴，哪一种草可以治病，哪一个淖尔（蒙古语音译，湖）里有硝土，哪一块盐碱地里的草可以补盐。额吉说水草和碱草要搭配起来吃，就像人吃咸菜一样，这样牛羊才会健康。可是，草场承包后，有人分到的草场只有水草，有人分到的草场只有碱草。

因为没有了额吉，这个家越发没有了生机。

塔拉掏出手机，屏幕上显现出多年前全家的一张合影。额吉抱着年幼的塔拉，和阿爸、哥哥一起站在蒙古包前。

雨水打在手机的屏幕上，塔拉擦去手机上的雨珠，屏幕立即变得模糊起来。

"父母之心在儿女身上，儿女之志在四面八方。"阿爸对两个儿子说。

哥哥朝鲁以前也参加赛马，是远近闻名的赛马手。

弟弟塔拉刚会走路，朝鲁就把他抱在马背上，教他骑马。这小家伙蛮有灵性，骑在马背上一点也不害怕，小手勒紧缰绳，两腿使劲儿夹着马肚子。朝鲁一手抓着马笼头，一手扶着塔拉，生怕他摔下来。有时，朝鲁也骑上马，把塔拉揽在怀里，让他拽着缰绳。

初夏的草原，无边的绿恣意蔓延，兄弟俩策马疾驰，咯咯的笑声是云中落下的吉祥。有一次朝鲁不在家，塔拉央求额吉把他放在马背上，马噌地一下蹿出去，塔拉结结实实摔在了草地上。额吉也不惊慌，扑扑塔拉身上的泥土，再把他扶上去，她知道她的孩子这辈子注定要在马背上。

朝鲁参加那达慕比赛，塔拉依偎在额吉的怀里，一个劲儿呐喊鼓掌。比赛结束，塔拉飞一般冲过去，把缰绳握在手里，昂着头，比冠军还神气。

他太崇拜哥哥了，走一步跟一步，做梦都想当赛马手。

朝鲁白天领着弟弟替人放牧，晚上回来还要帮额吉挤奶，学着做奶豆腐、马奶酒。

天气炎热，朝鲁把家里的母马牵到河边，给马洗澡。塔拉光着屁股站在水里，使劲往马身上撩水，清凌凌的水花高高溅起，珠玉一般晶莹剔透。

朝鲁用刷子轻轻梳理着马的鬃毛，母马岔开双腿一动不动；小塔拉也学着哥哥的样子，用手给马梳鬃毛。

静静的河水，静静地流淌。

盛夏的一个深夜，额吉一直高烧不退，朝鲁没了主意，阿爸远在甘肃替人放牧，连个电话都没有，塔拉才六岁，什么都不懂，甚至毡房外的电闪雷鸣都不能将他震醒。夜漆黑，狂风裹挟着暴雨，把毡房外的门摔得啪啪响，似乎要掀翻蒙古包。朝鲁不停地来回走着，雨还没有停的迹象。额吉双目紧闭，嘴巴张开，呼吸急促，很痛苦的样子。朝鲁不再犹豫，一猫腰消失在黑暗里。

清晨，雨停了。草尖上挂着露珠，每一个露珠里，都藏着一颗太阳。

再也看不到额吉了，她生命的休止符终止在这个风雨交加的夜里。

朝鲁彻夜未归，晨起放牧的巴图叔叔发现他时，他还躺在山那边的沟壑里，膝盖骨粉碎性骨折，从此走路一瘸一拐的。

塔拉一下子懂事了，他暗暗攥紧拳头，要替哥哥撑起这个家。

每次赛马前，朝鲁总是摸着塔拉的头，说："其日麦（蒙古语，加油）！"

在家里，朝鲁很少说话，他帮助阿爸打理家务，默默地做着一切。

有一次，朝鲁对塔拉说："我要是你的额各其（蒙古语，姐姐）就好了！"

他的眼神也是忧郁的，和阿爸一样。

塔拉不敢看他们的眼睛。

又有水珠打在手机的屏幕上。

手机湿了。不知是雨珠，还是塔拉的泪水。

三

　　站在地上的男人，只是半个男人；骑上马背的男人，才是完整的男人。

　　每当塔拉跨上枣骝马，跃马扬鞭，在茫茫草原上奔腾驰骋的时候，塔拉就会感到山川在眼前流动，大地在周围旋转，他一改往日的心事重重，变得精神抖擞，斗志昂扬。

　　塔拉喜欢骑在马上，和众多的赛马手追逐奔跑，纵横于广阔无际的草原。

　　对阿爸这一代老牧民来说，赛马已经成为一种久远的记忆，马蹄奔腾的疾风，吹过他们的心头，翻开了一桩桩遥远的故事。而对于年轻人，他们期待赛马的来临，血管里充盈的是激情与浪漫。总而言之，在每年的那达慕大会，赛马永远是牧民为之热血沸腾的节目。

　　阿爸说："草原上没有不会骑马的孩子。"

　　塔拉和枣骝马的关系非常好，他们是彼此最亲密的战友、最忠诚的朋友，也是最重要的人生伙伴。在过去几年里，他们一起经历了太多的故事。

　　塔拉会把自己失去额吉的悲伤、烦恼，讲给枣骝马听。它好像听懂了塔拉对额吉的思念，会点点头，甚至还会流眼泪。

　　在塔拉很小的时候，额吉领着他去看赛马，马儿们像闪电一样冲出去，塔拉会为自己喜欢的马儿呐喊加油，激动得心怦怦直跳。从那时起，塔拉就想当一名赛马手。说来也怪，可能从小看着家人们骑马长大，再烈性的马塔拉都不害怕，都敢往马背上骑。

　　塔拉骑在马背上，闻着枣骝马的气息，梳理着它的鬃毛，听它的呼吸声，跟着它奔跑的节奏在马背上起伏，便感觉到一下子长高了，体会到了飞翔的快感。

　　每次比赛前，塔拉都会给枣骝马一些它喜欢吃的零食，比如，胡萝卜、苹果、白菜。只要他一走过去，它就渴望地看着他。

　　枣骝马与塔拉特别默契，塔拉在姿势上一些微小的变化，都能影响枣骝马的速度。

　　塔拉懂得枣骝马的脾气。它吹胡子瞪眼，四个蹄子不停地跺来跺去，那就是发脾气了。想吃食物的时候，它会发出"咴儿咴儿"的叫声；同样，它在比赛前，特别兴奋，它的四个蹄子也是跺来跺去的。要是比赛输了，它就会垂头丧气，整个身体耷拉在那儿，几小时都不吃东西。

为了这场比赛，塔拉做好了充足的准备。他和枣骝马天天在一起。

在比赛的前两天，他和哥哥朝鲁带着枣骝马来到赛场上，为了保存它的体力，两个人牵着马走了很长一段路。

可是，在比赛的前一天晚上，意外发生了。枣骝马的右小腿肿了，它不断地踏蹄，疼得刨来刨去。塔拉急忙找来了兽医，最后的诊断是枣骝马扭伤了腿。塔拉决定给它输液，希望帮助它快速康复。

塔拉陪着枣骝马，在马厩睡了一夜。每隔一小时，他就起来察看它有没有好转。

塔拉一宿没睡觉，静静地看着它，脑海里满满的都是与它相遇、相知、相惜的点点滴滴。

早晨，开始比赛了，他们面临着严峻的选择——是带着马儿努力一搏，还是为了马儿的健康放弃这场重要的比赛？塔拉不甘心，牵着马来到赛场上，他试着骑在枣骝马的身上，马儿很懂事，仿佛知道今天是主人重要的日子，所以坚强地支撑着。别看它平时温顺安静，但内心深处有一种强烈的竞争意识。就是累死也不肯认输。

看到塔拉着急的样子，朝鲁的心里多么希望枣骝马在赛场上四蹄腾空，长鬃飞扬，一举夺得比赛的冠军啊。

可是，他们了解枣骝马。草原上的蒙古马刚烈慓悍，却与主人息息相通、心心相印。在赛场上，它会按照主人的意愿，拼死向终点奔跑，为了主人的荣誉，拼尽最后的气力，宁愿倒地绝命而死，也不会半途放弃比赛。故此，赛马场上，不乏筋疲力尽、倒地而死的烈马。昔日沙场之上，有很多战马遍体鳞伤，但仍奋力向前，最终力竭而死。

塔拉和朝鲁经过商议，兄弟二人做出了最终的抉择——为了枣骝马的健康，他们决定放弃比赛。

塔拉脱下了蓝色赛马服，解下了尖顶的帽子后面两根细长的飘带。

塔拉用飘带，把枣骝马额头上的鬃毛绑成朝天的小辫。

在众目睽睽之下，塔拉和朝鲁牵着枣骝马，从容地离开了赛场。

四

按照蒙古族赛马习俗，当获得冠军的马飞驰到终点时，人们要给马披挂彩带、哈达，洒注鲜奶，高声歌唱优美生动的赞词：

它那飘飘欲舞的长鬃，好像闪闪发光的金伞随风旋转；

它那炯炯发光的两只眼睛，好像一对金鱼在水中游玩；

它那宽阔无比的胸膛，好像滴满了甘露的宝壶；

它那精神抖擞的两只耳朵，好像山顶上盛开的莲花瓣；

它那震动大地的响亮回声，好像动听的海螺发出的吼声；

它那宽敞而舒适的鼻孔，好像巧人编织的盘肠；

它那潇洒而秀气的尾巴，好像色调醒目的彩绸；

它那坚硬的四只圆蹄，好像风驰电掣的风火轮；

它身上集中了八宝的形态，

这神奇的骏马呀，真是举世无双……

回到家，一直等在家里的阿爸，一言不发，仍然把鲜奶洒在了枣骝马的额头上，洒在了它的全身上……

巴图驯马

在草原上，马是蒙古人的命。

在蒙古人的心中，如果没有一匹好马，就逃不出大雪、大火和敌人的追击，送不成救命的医生和药物，传不出从天而降的军情和灾情，追不上白毛风里顺风狂奔的马群，套不住恶狼。蒙古人有一句谚语："草原人没有马，就像狼被夹断两条腿。"

要想有好马，只能靠自己驯马。蒙古人以骑别人驯出的马为耻。在贡格尔草原，即便是普通的羊倌牛倌，骑的都是自己驯出来的马。但是在贡格尔草原，野性越大、越难驯服的马往往越是好马，是争强好胜的马倌争夺的对象。在贡格尔草原，哪个马倌好马最多，那么他的地位就最高。

贡格尔草原是骏马的草原，是勇敢者的天下。

一

蒙古谚语说："一马服一夫。"

也就是说，马在一生之中，只服一个人。蒙古人和他的马，如同情人，你征服了它，它就与你相依为命，百依百顺。

悠远的草原历史，第一个掳获性子猛烈的强悍野马，并将其驯服成坐骑的，该是一个什么样的男人，历史上根本无从考究。可是现在，在草原上挥动九尺长杆，从万马奔腾的马群中，套住狂奔的烈马，或徒手抓住马鬃将其制服，或执马尾巴将其扳倒的蒙古汉子，在草原，大有人在。

套马、驯马，看似残忍，可是一旦调教成功，蒙古人对马的怜爱呵护之情，又是任何其他民族无法相比的。

巴图对我说，驯马，有许多讲究，最重要的是人与马之间的情感沟通。

在环境恶劣的蒙古草原，蒙古人有自己独特的驯马方式。

近马一分险，上马三分险。一个桀骜不驯的生个子马，你接近它，都会有生命危险，何况你还要骑在它的身上。

"要了解人的好坏就得共事一段，要了解马的好坏就得骑它一程。"巴图笑着说。

我知道，驯马可不是一件简单的事情，不会像巴图说的那么容易。

"矫健的骏马备上金鞍，英武的青年骑在上面，锋利的长刀别在腰间，哎嗨咿哟……"巴图独自唱起了蒙古长调。

"要问谁是我的朋友，胯下的骏马就是我的朋友。"巴图继续唱着。在牧区，牧民和牲畜的关系，绝不是简单的生产者和生产对象的关系。牲畜就是牧民不会说话的朋友和伙伴，反过来，牧民就是牲畜的主人和靠山。

一个人赶夜路的时候，身边有一条狗陪伴就觉得踏实；在野外迷了路，只要骑着马你就可以尽管放心，因为马识得回家的路。草原上的马如果看见主人，或听见主人的声音，常常冲着主人嘶鸣，一副精神抖擞的样子。这时马并不是要草要料，只是一种精神上的需求。巴图说，在漆黑的夜里，马听到主人的声音，才睡得安稳。

用情感化的方法使马驯服，是蒙古人驯马的一个重要特点。蒙古人认为，马是有生命有灵性的高贵动物，人必须要用一种充满生命感的方法去对待它们。他们对马精心呵护，每天饮水、喂料，无微不至。在使役马时，鞴鞍紧镫，套马拉车，也要小心翼翼，唯恐给马造成一丁点儿的伤害。

二

蒙古草原地域辽阔，水草丰美，牧民对马的管束并不严厉。每天让它们自由地在山野吃草喝水，晚上赶它们在蒙古包外面卧盘。马想吃什么草就吃什么草，想去哪儿就去哪儿，呈现一种天然奔放的生活状态。和谐共生的相处模式培养了马敏捷、伶俐、勇敢的品格，它们对主人驯服、忠诚，充满感情。再暴烈的马，一般也不会故意伤害主人。

没有养过马的人，会认为马是没有意识、没有思维的。但是马的确能听懂主人的语言，能看主人的脸色行事。知道自己犯了错误，你打骂两下，马也能忍受。如果主人无缘无故，别处受了气，往马身上撒，它心里委屈，也懂得报仇。二十世纪七十年代，曾经发生过一件事，店里一个车夫把他的黑马关起来，打了将近两小时。黑马的脑袋、耳朵和身上鲜血直流。晚上那个车夫从黑马后面走过，那马突然飞起一蹄，正好把他拿鞭子的右手腕骨踢断了。

蒙古人视马为自己的朋友。对马，他们有许多禁忌。不论何时何地，不准随意打骂，更不准打马头，因为马以头为尊贵；不准两个人共骑一匹马；秋天抓膘期，不准骑马狂奔。

巴图随身携带着一个木制的刮马汗板，这是他父亲传给他的。巴图一边用这个汗板为自己的黄骠马刮身子，一边介绍说，在牧区，马倌、骑手大多随身带着这样的刮马汗板或者马刷子，随时为骑乘的马刮除马汗、刷洗身子，为马舒筋活血、放松肌肉、消除疲劳，同时，这也是牧民与马亲近、增强感情的有效途径。

"你不知道，为马刮一刮、刨一刨，胜似喂精料。"从马的前额开始，然后脖子、前腿、腹部、后臀，从前到后，巴图耐心细致地给黄骠马全身刮了一遍。

黄骠马偶尔摇一摇尾巴，或者回过头来瞅一眼巴图，再冲巴图摆摆头，一副享受、惬意的样子。我发现一个细节，有的时候，巴图刮到某一个地方，那个地方的皮肤就会痉挛起来。巴图告诉我，遇到这种情况，就要在那个地方多刮几下，筋络就会通畅起来，马也会舒服许多。

"你这马的按摩师极其合格呀。"我打趣巴图。

"是呀，可是我的黄骠马只让我按摩，别人想都别想接近它！"他哈哈笑了一阵，又说，"我从小就是在马背上长大的，我喜欢马，喜欢这种生活。套马、驯马，对我来说，那不是劳动，而是一种极其快乐的运动和娱乐。"

三

在贡格尔草原，巴图驯马和套马特别有名。每年，牧民打马鬃、打马印，都来请他去帮助套马。

巴图说，套马的技巧重要，杆子马的选择也非常重要。杆子马是牧民骑着套马的马，是专门从马群里挑选出来的，特别灵活、通人性，还要经过特殊训练。杆子马在马群里一旦盯住了一匹马，就绝对一追到底。好的杆子马能够在奔跑中紧随目标，还能随着人的重心来判断追赶的方向，即使目标突然转身掉头，它也能立即跟上去。当牧民套住马时，杆子马会立刻牢牢站在地上，等牧民再一拍它，就迅速向前蹿出去。杆子马不一定高大强壮，太胖了反而不够灵活，所以个头小而且反应灵敏、听话的马才是最好的。

对巴图来说，驯马的本领仿佛与生俱来。他从小就骑马，无论是大马，还是刚出生不久的儿马驹子，他从不畏惧，翻身就上。任胯下的马如何扭身蹦高、尥蹶子，他都会紧紧地贴在马的背上。开始的时候，他也会被马甩下来。巴图说，你不能因为挨了摔，就生气打马，而是要勇敢地再骑上去，任由它甩，当它甩不下来你的时候，马就会心服口服，和马背上的你成为朋友。一旦你受了伤，或者有了危险，驯服的马就会像朋友一样竭尽全力来救你。

牛不驯不会耕，马不驯不能骑。

巴图根据多年的驯马经验，总结出一条，那些在鼻孔间和嘴唇间长着一团白毛的马，最难驯服。古书上刘备骑的"的卢马"，额头上就长着白毛。

训练一匹奔走如飞的骏马，不知要付出多大的代价。驯马人要非常自信，马才会听你的。一个真正的牧人，挑选马匹是苛刻的。那些桀骜不驯的马驹儿，才是他们精心挑选训练的对象。而那些"自生走"①的马驹，是"老婆娃娃骑的材料"。

驯马的工作从马驹两岁时就开始了。牧人把马驹从马群里分离出来，单独关在特殊的马厩里。马槽总是不断加高，促使马驹时时刻刻扬起头来。这样培养出来的马，才能昂首挺胸、前躯高大，给人一种挺拔和雄伟的美感。马粪一般不去清除，这样马的四蹄才能长得丰圆饱满。如果把粪除掉，就会长成驼蹄似的扁片儿，不但样子难看，而且跑起来也不出路。可是到了休息的时候，必须把它牵到槽外，不让一点粪尿沾在身上。受到这样精心调养的马，就像得到父母宠爱的姑娘，一两年内就会出落得鲜花一样，又漂亮又骄傲。

---

① "自生走"：走马中最普通的、最基础的马。其脚法自然、简单，是与生俱来的。多数蒙古马一开始都是走马"坯子"。"自生走"的行进脚印特点是：左后蹄印在右前蹄印之后。

骏马是牧民按照自己的意志塑造出来的勇士。

马养到三岁，四蹄挂了掌，就要开始训练了。

驯马就像男女谈恋爱，你要慢慢走近它，让它了解你，直至接受你、爱上你。在生物界，马是被猎食动物，随时都可能成为别人的食物，所以，马看到不了解的东西，脑子里第一个反应就是害怕，飞快地逃跑。这是被猎食动物的天性。

人和人初次见面，会握手，和马也一样。马嘴唇的功能相当于人手的功能，你把手伸给它，让马闻闻你的味道，最好让马闻你的手背，手背的弧度大，马咬不到，马熟悉了你的味道，你们就认识了。如果马叼住你的手，表示它愿意和你玩儿，如果马把头转向别处，表示它对你不感兴趣。马很善良，不会轻易地去攻击人，如果踢人或者咬人，无外乎两个原因：一是误会，二是自卫。

巴图说，你一定要按照你喜欢的目标去驯马，只有这样，在建立你和马之间强烈的情感的同时，你才会收获一匹完全中意、适合骑乘的骏马。

四

驯马是一个漫长的过程。一匹烈马，想要成功地驯服它，你必须让它知道你是一个好的领导者。你要确保你发出的每一个信号清晰、明显，而且不要对马有攻击性、侮辱性。你要在脑海中有一个清晰的训练计划，把大的任务分成小目标，慢慢地实现。首先你要让马先接受你的触摸。马的敏感部位在耳朵后面、腹侧、腋下、腿部、臀部等。你需要经常触碰马的脸部和头部，要遵循先轻后重、先慢后快的原则。开始的时候，把手放在让马感到舒服的脸或脖子的位置，然后慢慢地向其他部位移动。巴图强调说，这个时候，最忌讳突然加速。如果你移动过快，马会焦躁不安。当马紧张和焦躁的时候，你一定要立即停下动作，保持不动，直到马完全放松下来。然后给马一些奖励，因为马战胜了焦躁。在马被惊吓或者处于焦躁状态时，你不要把手从马的身体上移开。移开你的手，马会觉得你的手是危险的，是令人恐惧的。等马平复了情绪，你再继续抚摩，马就会逐渐不再有任何反应。

马初步接受你之后，就可以开始训练马和你一起行走，你的位置和马的头部保持平齐。你走在前面，你是牵着马，不能引起马的注意力。如果马在你前面，你不能及时掌控马。

当马彻底接受了你，你就可以训练马完成后退、转弯、慢跑、快跑、停止行走等动作。每一次完成，你都要上前去抚摩马的脸，或者轻轻地拍拍马，对马来说，这是对它们的奖励。

和所有动物一样，奖励比惩罚好用。但是，不要用食物奖励你的马，这会让马期待过多，并且会让马有咬人的倾向。马的反应都是有原因的，很多时候它们只是想传递问题、表达痛苦或者想要告诉你点什么。如果马重复忽视你的命令，你可以给予适当的惩罚。比如，用手捏马的胸部，或者使劲用掌心推马。拳打脚踢反倒会让马更加抵触你，更不要鞭打马。作为一个真正的驯马人，你要在不摧毁马的精神和身体健康的前提下，展示你的权威。

<h2 style="text-align:center">五</h2>

巴图给我讲了一个故事。有一个父亲和儿子骑马游玩，哼着歌，看着景，正走着，突然马不动了。父亲催它向前走，这马却退了几步；父亲让它左拐，它又摇了摇头，朝右边走了几步，紧接着还打了个响鼻。父亲气极了，这马敢和自己唱反调儿，还打响鼻嘲笑自己！于是父亲下了马，抓住马头，两脚站稳，使出全身的力气，往后推马，想让马尝尝自己的厉害。不料，这马非但纹丝不动，还顶着父亲往前走了几步。父亲更加愤怒，索性绕到马的后面，推着马屁股。烈日当空，父亲热得汗流浃背，脸也憋红了，可马像是被钉在了那儿。儿子见了，赶忙去找工具。父亲更来气了，对着马腿就踢了一脚，那马随即回了一脚，父亲一下子重重地摔在了地上。

这时，儿子回来了，拿来一块长长的木板，最后父子俩用木板推着马走了。

讲到这儿，巴图哈哈大笑："被人推着走的马，我还是第一次听说！"

巴图继续讲他的驯马经验。你要让马习惯面对突然发生的事情，而保持镇定。这就要利用一些方法，来降低马对周围事物的敏感度。比如，用一根长长的木棒，末端粘一个塑料袋，在马的身边挥舞。马可能会因此变得焦躁不安，甚至恐惧，继续保持挥舞的动作，甚而用塑料袋去摩擦马的身体，马慢慢意识到这个舞动的东西并不危险时，就会安静下来。这时候就扔掉袋子，上前抚摩并赞扬马。再如，你在马的四周快速行走，胡乱挥动手臂，大喊大叫，制造各种噪声，快速摩擦马的身体，做一些奇怪的、能引发马恐惧的动作，直到马习惯了为止。

马在一开始，是不会轻易接受一个人骑到它的背上的。所以，牧民要经常抚摩或者拍马的背部，为将来的骑乘做准备。给马鞴上马鞍之前，让你的马先看见和闻到马鞍，等马熟悉了，再轻柔地将马鞍移动到马的后背上。首先要观察马的反应，然后勒紧肚带，带着马到草原上遛一圈。给马戴马嚼子之前，通过搔马的牙龈的方式，以方便把马嚼子放进马的嘴里。然后让马含一会儿马嚼子，这样马就会适应嘴里面有东西的感觉。巴图特意强调说，在命令马前进或者转弯时，不要突然强硬地去拽马嚼子，这样会让马受伤，要有一个提前预告的过程。

巴图说，世界上没有两匹完全相同的马。每匹马都有自己的个性。在整个训练过程中，耐心是最重要的。当马惊恐的时候，你要保持小心和镇静。你要和你的马共度时光，经常照顾马，给马刮汗梳毛，你和马的关系就会亲密无间，相亲相爱，就像情人一样。巴图说到这儿，拍了拍我的肩膀，哈哈大笑。

六

我惊诧于驯马居然有这么多的学问。巴图说："就说简单的抬马蹄子吧，里面就有好多的学问呢。你若不会抬，说不准就会被马给踢飞了。"巴图说完，还踢了一下脚，一副意犹未尽的样子。

有经验的人都知道，若想搬起一匹马驹子或者未经调教的马的蹄子，是不容易的。自古以来，逃跑是马的本能和天性，马习惯在遇到危险的时候拔腿就跑。因此，当你抓住了马的一条腿，阻碍了马的自由移动，马自然会感到害怕。所以说，你要学会如何抬起马蹄，并安全地握住马蹄或者马腿一段时间，这很重要。第一个步骤是让马自然地接受你的靠近或者你碰触马的四肢。如果你操之过急，兴冲冲地朝马走过去，马就会本能地向后退，躲着你。所以，你要自信且慢慢地走近马，如果马还是躲闪，你不要冲动地试图把马拉向你，这样只会适得其反。正确的办法是允许马在你身边小范围地走动，而且你要跟着马走动，让马明白躲避是没有任何用处的。在这个过程中，马会明白其实你并无恶意，马对你的信任也会加深。

当你靠近马匹时，马表现得很平静很自然，就可以进行下一个步骤。但是你要知道，马在三条腿站立的时候是不好保持平衡的，所以要事先考虑，需要把马腿抬多高、抬到什么位置、抬多长时间等。还有一点，马有时也会用脖子保持平衡，所以手中的缰绳不应牵得太紧，要留给马足够的活动空间，或者可以选择不牵着马。在抬马前蹄的时候，要站到马肩膀旁边，把手轻轻地放到马肩部隆起的位置上，手慢慢向下，朝着马蹄的方向抚摸，在这个过程中，手保持始终接触马的身体。你也许会发现，当手快要接近马蹄的时候，马自然而然地就把蹄子抬了起来；但也会发生相反的情况，马会向前迈步，这样是在企图摆脱你。

如果马很配合，你可以把马的蹄子放下，当作奖励。然后再重复这一动作，每次完成动作后都要记得鼓励马。无论是搬马前蹄还是后蹄，如果马不愿意，不要握着蹄子不放手，这样会让马产生恐惧感，并极力摆脱你。在马试图挣脱时，可以让马先后退几步，以便搬起前蹄之后，让马可以更好地保持三足平衡站立。

搬马后蹄的时候，要站到马的侧身，并将手轻轻地放在马的后臀部。手慢慢向下，朝着马后蹄的方向抚摸。年轻的小马可能会很快地从你手中抽回腿或蹄子，如果遇到这种情况，不要试图强硬地抓住马的腿或蹄子，应该让马自然地把马蹄放回地上，鼓励马，并让马再尝试一次。重复练习这个动作，你的马会慢慢学会配合，抬起后蹄，而不会试图摆脱你，接下来马会允许你握住蹄子或者马腿。这时你不要把马蹄拽向自己，要保证马腿抬起的方向是向前的，这样既安全又能帮助马保持站立的平衡。等你的马开始顺从并配合你的时候，你就可以为马钉蹄掌了。

无论是骑马、套马车，还是鞴马鞍，如果马想要远离你，你都应该尊重马，给予它们自由，这样可以让马放松并且感到安全。比如说，在套车的时候，马想从车上下来，那就让马下来，但是要把马重新带回逃避的那个环节，引导马思考这样做的意义。遇到马逃避的情况，最好的方法就是退后一步重新做，你要友好、耐心地引导马。

一个简单的抬马蹄动作，在巴图的心里，就有这么多的学问。他是真正的驯马专家。

七

我在农村长大，从小就听说有跑马，也有走马。我认为，走马就像体育竞赛中的"竞走"，只是单纯地"走"，不能跑。后来我才明白，"走"是骑术上的专业术语，是指马的同侧两腿同时并举地快步溜蹄走法，既异于平常意义上的"走"，又异于双蹄大奔的"跑"。骏马在骑乘时最讨人喜欢的秘密，就是在于"走"。走马的步态也分成三个阶段。开始训练出的是四方步态，对走马来说，还是初级阶段。有的骏马经过训练，尚能突破这个阶段。能让马的四只蹄子连起来成为平行四边形，这叫错落步态，属于中级阶段。最好的骏马是流水步态，蹄迹完全是条直线。这种马"走"起来像飞一样，耳边是"呼呼"的风声。骑马的人回头望去，据说能同时望见十三朵溅起的蹄花。

一匹好走马是压出来的。每年春天，经常看到许多牧民骑着马，每天在草滩上走来走去。没有鞴过鞍子的生马骑上去容易跑，这样就把嚼子勒住，让马学会"走"。可是这么一勒，就成了平常的慢走，于是就得把嚼子再放松一点……不知经过多少晨昏，那马突然获得灵感似的会"走"了。牧人就会像捡了宝一样高兴，千方百计地让马保持这种步态。过上很长一段时间，牧民在地上不远不近地摆一些椽子，让马从上面走过去。马怕磕了腿，走过的时候前蹄抬得很高，蹄掌向里弯得很深，几乎踢到自己胸部时，才腾空向前一跃而出。久而久之，马就养成一种高腿大步、昂首挺胸的勃勃英姿。这种良马快走的时候，从侧面观赏，就像一位演奏家在敲打扬琴，动作娴熟而敏捷，在视觉、听觉上都有一种韵律和美感。

八

牧民在驯马的过程中，对马产生了爱。马在被训练的时候，对主人产生了情。好马就像贞女一样，具备了坚贞不屈的操守。好马不鞴二鞍，这句话不是凭空杜撰的。驯过的马是主人不会说话的帮手，你骑着驯过的马去赶牛、赶羊，马会连踢带咬地把牛羊赶回来，甚至当你丧失骑乘能力的时候，它们会想尽办法让你骑到背上，绝不像驴一样，觉得你驾驭不了了，就会尥蹶子，对你另眼看待。

巴图一说起马，就滔滔不绝。

在草原上，每一个蒙古人都有一段人与马的故事。我们常常把"驴马"连在一起使用，这在他们看来实在是对马的亵渎。在现实生活中，他们已经把马从"五畜"的地位提升起来，用尽世界上最美好的词语来赞颂。蒙古族歌颂马的民歌和祝词，已经成了蒙古文学中最优秀的珍品。

巴图问我："你知道人们常说，要骑好马，蒙古人的老马。这是为什么？"我回答不上来。巴图说，蒙古人驯马的特点是注意养气。第一次骑马，正当马意气风发的时候，你要从马背上跳下来，使其恢复和增加体力，切忌让马跑得精疲力竭。蒙古马由于从小未放过大劲儿，锐气未消，主人稍一怂恿，马便奋蹄扬鬃，力气倍增，冲锋陷阵，无所阻挡。随着年岁增长，马骨骼变硬，意志更加坚强。故此，民间才有了这种说法。

训练杆子马的时候，起套时要选那些估计可能会套住的马。这样套马成功以后，杆子马眼睛也尖了，蹄子也快了，信心也足了。如果一开始失败了，杆子马的锐气就会受挫，将来骑这匹马套马时一定会出毛病。训练参赛马，要注意从小培养马的竞争意识。不赛则已，一赛必然让其夺魁。估计夺不了魁的，就勒住不跑。久而久之，马就会培养出一种好胜心理。只要几匹马走在一起，这种马一定要跑在前面才罢休。

巴图说，你光懂得这些还不行，还要观察马，马和人一样，也是有表情的，要不，人类怎么称马是通人性的动物呢！

马有丰富的面部表情和肢体语言，通过对马的眼睛、耳朵、脖子的观察，就不难分辨马的各种情绪。喜、怒、哀、乐、紧张、恐惧、舒适、信任、怀疑、好奇、顽皮……当一匹马高兴的时候，马会抬着头翘着尾巴，轻快地小跑，看见主人时就会快乐地跑过来；当马在马厩里，屁股对着门口，不想动时，这表示不想被打扰；当马肚子饿或不耐烦时，前腿会反复地扒地。马拿鼻子顶你或靠在你身上，则是希望得到你的爱抚；如果马的耳朵是放松的、灵活转动的，这说明马对人没有敌意；在生气或者讨厌某个事物的时候，马的耳朵会朝背部弯下，露出牙齿，甚至会咬人或其他的马，这说明这匹马以前挨过打，因此这匹马不相信陌生人，心存戒备；马害怕或者兴奋时，都会露出眼白，不过很容易辨别其中的不同，害怕的马会高仰着头或跑开，兴奋的马会跑向你；生病或是被欺负的马会神情沮丧，将耳朵背过去倒下，露出呆滞的眼神；马在打瞌睡时，耳朵也会微微向后，眼皮下垂，下嘴唇松弛。

马也是有语言的。俗语说："马语通灵。"马平时是非常安静的，当你听到马叫的时候，那就是马在向你倾诉。受惊骇或受伤的马会长鸣，公马与母马调情时也会长鸣；痛苦的时候会嘶吼；一边嘶鸣一边喷气表示不安或者兴奋；低鸣表达友善；咕噜、叹气、吹气等声音，都是与人或另一匹马沟通的声音。

这就是马的世界，其实从某种角度来看，马和人类是相似的，它们也会通过不同的方式表达自己的想法和意图。

九

巴图不仅是一个驯马的高手，简直就是一个马文化的专家。

巴图说："蒙古人只有真正了解了马，和马交朋友，才能更好地驾驭马。那些马术表演者，就是通过马的表情来判断其中所蕴含的意义，这样有助于更好地驾驭马。与马交了朋友，再高难度的动作，马也会载着你顺利完成。"

巴图走到我的越野车前，用蒲扇般的大手拍了拍越野车的前盖子，笑着说："你们汉人爱惜车，车和老婆从不外借。我们蒙古人也有两件宝贝不外借，马和老婆！"我也大笑。

蒙古人热情好客，慷慨大方，但在马身上表现得非常小气。他们从来不出借自己的马，别人也决不贸然开口。当一个牧民遛马的时候，就是王爷来了也不会停下。如果蒙古人丢失了自己心爱的坐骑，那简直是天大的灾难，走到天涯海角也要把马找回，一边走一边唱："谁要是看见我的马，赏他一件狐皮马褂；谁要是找回我的马，赏他一件虎皮马褂！"走一路唱一路，草原上的人们就知道这个人丢了马，会一起帮助他寻找。

巴图曾经失去了一匹心爱的宝马。不是丢了，是死了。

那是一匹黄色银合马，救过巴图媳妇的命。

当时巴图不在家，媳妇却要分娩了。可是，几十千米都没有人家。那个年代，草原上没有任何通信工具。媳妇痛得从床上滚到地上，从地上慢慢爬到蒙古包外面，大汗淋漓，不停地呻吟着，喊着巴图的名字。突然，传来"哎儿哎儿"的马嘶，听着这熟悉的马嘶，媳妇一下子镇静了下来。黄色银合马跑了过来，闻着她的脸，围着她一圈圈地转，媳妇想骑到马背上，可是她疼得站不起来。这时，黄色银合马突然卧倒在她的面前，她咬着牙，忍着剧痛，爬到马背上，催马来到了苏木的医院……她和顺利降生的儿子，双双保住了命。

后来，黄色银合马不幸得了急性炭疽，这种病人畜共患，危害非常大。因为致病菌芽孢杆菌在土壤中可以存活二十年，所以必须挖三米以上的坑，坑里撒上石灰，然后把死马焚烧深埋。

"我的这匹骏马，虽然不是有名的良马，但是只要鞴上合适的鞍子，路途再远也能走到，长了翅膀的鸟儿也能捉住。可是，自从这匹马死了后，我再也不骑马了，现在全身都觉得疼，体质远不如以前了。"巴图伤心地说。

巴图的媳妇长得特别漂亮，高颧骨，大眼睛，双眼皮，一笑，两个大大的酒窝。巴图自己夸耀："我媳妇，是贡格尔草原数一数二的美女。"

我问巴图："你媳妇嫁给你，因为你是驯马高手？"

巴图笑了，摇着头，仰头唱了起来：

草原上滩连滩，

滩上的马群像云彩，

青年男女套马鞴金鞍，

牧人的坐骑这里来。

一咏三叹，让我心潮澎湃，他却一下停住了，我怎么说，他也不唱了，脸上的表情郁郁的。也许，他又想起他的黄色银合马了。

黄羊脊背的银合马哟，

一听你的叫声就能认出来。

自幼相爱的小情人哟，

一听你的笑声就能认出来……

正在灶膛烧火的巴图媳妇突然唱了起来。

她唱得那样自然，眼睛谁也不看，只看着灶膛里的火，火苗在她俊俏的面庞上一闪一闪。

她这一唱，巴图也跟着唱起来。手里夹着烟，眼睛直勾勾地盯着某个地方。

唱着唱着，眼泪就一下子出来了。

最后的牧马人

在一个闷热的夏日午后，我接到消息说哈斯额尔敦"走"了。放下电话没多久，雨像瓢泼一样砸了下来，我知道，这是上天为纪念贡格尔草原上最后的一位牧马人而流下的泪水……

一

"假如草原上没了马，牧民就会寂寞忧伤……"哈斯额尔敦说。

如今的草原，马少了，放马的人也少了。老一代牧马人心里，总是觉得缺了点什么，他们遇到一起，喝着酒回忆往事，说起他们曾经放过的马群，说起他们的杆子马，说起曾经下了双驹的母马，话题一个接着一个，说也说不完……

"我不能没有马，我离不开马。"哈斯额尔敦说。

哈斯额尔敦的父亲是老牧马人。哈斯额尔敦年轻的时候，看到两个哥哥都没有继承父亲的事业，决定由自己来完成父亲的心愿，把牧马继续下去。哈斯额尔敦说："马是蒙古人的翅膀，马让男人在草原上飞翔！"

有一首诗这样写道："一匹马投影于天空，天空多么辽远；一只鹰投影于大地，大地多么苍茫。我的祖先啊，骑着马儿走遍了世界……"

马群的活动范围大，奔跑起来，最少也需要五千到一万亩牧场。哈斯额尔敦只好承包了邻近牧民的牧场。"我要让我的马们跑起来，否则它们就会得病！"他说。

牧马是一件很辛苦的事情。过去在草原上，治安没有现在好，因为马放在野外，夜里也不圈回来，便会有一些盗马贼，开着车，偷偷地打马的主意。所以那个时候，哈斯额尔敦经常下夜，看护马群。赶上雪灾、旱灾，他还要把马群赶到几百里外承包来的草场上去。

现在的牧区，几乎家家都有了汽车、摩托车，马的作用越来越小了。加上马不像羊，可以产羊绒、羊毛，虽然有马奶，但是产量小，不像牛奶那样多，非常影响牧民的收入，所以很多牧民放弃了养马。

哈斯额尔敦也曾想过放弃。

有一年夏天，草原遇上罕见的大旱，全嘎查的井都干枯了。哈斯额尔敦夫妇为了给马饮水，整天不停地从压水井里往外压水，井水很少，很细，流一会儿，水就不多了，还得再等一会儿，才能继续压。但是，很神奇，这口祖辈传下来的井一直没干。哈斯额尔敦舍不得让他的马渴着，就这样压一会儿等一会儿，仅凭着这点水，勉强供应整个饥渴的马群。

等水的时候，哈斯额尔敦心疼地对蹲在地上喘息的媳妇说："秋天，来了马贩子，就把马群挑了（指卖掉）！"

媳妇盼来了秋天，哈斯额尔敦却舍不得了。他摸摸这匹，瞅瞅那匹，感觉哪一匹马都是他的孩子！一拖就拖到了冬天。

谁知到了冬天，偏偏又赶上罕见的"坐冬雪"。大雪持续降落，积雪越来越厚，白毛风一吹，雪面形成一层厚厚的冰壳。牛羊难以扒开雪层吃草，致使所有的牲畜掉膘，母畜流产，仔畜无法成活，老弱病畜大量死亡。而且厚厚的冰壳还划破了羊和牛的蹄腕，造成许多牲畜冻伤。

家里没养马的牧户，都来找哈斯额尔敦帮忙，因为只有马能够刨开坚硬的雪壳，牛羊跟在后面才能吃上草。哈斯额尔敦的马群显出不可替代的价值。

那个冬天，贡格尔草原全部被冰雪覆盖，树木也被冰雪压得枝杈折断，数十千米的电线被冰凌坠断。雪堵住了路，所有的机动车道都不通了。苏木政府征用了哈斯额尔敦的马群，靠他的马拉雪橇和外界沟通，运送救灾物资。马多，可以轮换着拉雪橇，许多牧户平安地度过了这个严冬。

马群救了全苏木人的性命。从此哈斯额尔敦下决心，无论多困难，也不放弃马群。

媳妇看他这样喜欢马，也只好依着他。"草原上的姑娘，谁不喜欢优秀的骑手啊！"说起自己的媳妇，哈斯额尔敦打心里高兴。过去在草原上，如果一个美丽的好姑娘不嫁给优秀的骑手，人们就会认为她是在作践自己。"我奶奶长得就漂亮，许多有钱人家的小伙子向她献殷勤，她最后还是嫁给了我的骑手爷爷。但是现在，很少有年轻人还想做骑手了！"说到这儿，哈斯额尔敦长叹一声，"现在的姑娘都愿意找个有钱的小伙子，嫁到城里去。骑手是草原的灵魂，没有骑手的草原，灵魂就飘散了，草原也就一日不如一日……"

哈斯额尔敦说起草原退化，眼睛里充满了忧虑，他说："今天的人们天天喊着保护草原的口号，却让世代游牧的蒙古人定居，盖起了羊圈，拉起了铁围栏。但是事实上，草原上每盖一间房子，附近五百亩草场就会因为常年得不到休息而废掉。也正是围栏破坏了生态循环，才使马这样的大型动物生存艰难。当初数以百万的蒙古马群，如今也已经难得一见了。"

草原上的植被特别脆弱，土只有薄薄的一层，下面就是沙子。就是这薄薄的一层，坚持着几千年生生不息，供养着牛羊，为人类贡献着绿色。掘开这上面一层，就很难再恢复了。哈斯额尔敦说："在这片草原上，人要活着，植物也要活着，动物也要活着，万物都要活着，都要和谐相处。"

是呀，在草原上，每一个生命都是有灵魂的，万物有灵，应该尊重每一个生命。

哈斯额尔敦家附近，有一片水泡子，到了冬天，水就干了，湖底结着一层白色的盐碱。马群吃盐，就像人要吃盐一样。他赶着马群沿着两条围栏间的路走向水泡子。马吃上了盐碱，才能补充体内的盐分和矿物质，这样马群就能安全地过冬了

有了围栏以后，草原上的道路就定下来了，牲畜、车子都只走这一个地方，时间长了寸草不生，成了草原上的一条条白晃晃的沙路。哈斯额尔敦痛心地说："就像人身上一道道的伤疤。"

冬天，下了雪，把沙子埋起来，看上去，草原依然是牧马人的天堂。可是来年春暖花开，沙子全暴露了出来，沙尘暴又刮起来了。

二

哈斯额尔敦放了一辈子马，一直生活在马背上，他的背驼得很厉害，腿也成了那种在牧区常见的罗圈儿腿。这个样子，长期生活在草原上的人一看就知道，他调教过无数匹好马。哈斯额尔敦说："驯马讲究技巧，骑马也同样讲究技巧。"

不会骑马的人，猫着腰，几乎是趴在马鞍上，随时都会掉下来。马一跑，就会把人颠起来，屁股一直拍打着马鞍。马越跑越快，人也会越颠越高，一不留神，就从马上摔下来了。在草原上摔得鼻青脸肿、断胳膊断腿的事情经常发生。有的人喝了酒，从马背上摔下来，脚没来得及从马镫中取出来，会拼命挣扎，在这种情况下，马会因为受惊而狂奔，人的脑袋朝下，被一路拖着跑，马跑累了才停下来，不用想也知道，被拖在马下的人死得有多惨了。

但是会骑马的人，身体挺直，随着马一起动，这样就会稳如平地，无论马跑多快都不会掉下来。骑在马上，手轻轻地抓着马缰，抬头眺望远方……只有坐在马背上的高度，只有在草原的最深处，你才能真正领略草原的美景。天地之间，一人一马，你可以无所顾忌地高歌，那个时候，你才会真切地醒悟，这个马背上的民族，为什么会产生长调、呼麦、马头琴，为什么这个民族会产生动人心魄的英雄史诗。

哈斯额尔敦说："对待马，要将心比心。别看马是牲畜，但是马有灵性，你只要对马好，马就能感受到你的爱，自然就听话了。你打马，虽然马怕你，也能听你的。但是，马会像孩子一样，在心里记恨你。"

哈斯额尔敦有一匹心爱的黄骠马，马腿修长，肩宽体壮，马鬃金黄色，马尾巴高高翘着，一副桀骜不驯的样子。黄骠马站在马群里，比其他的马高出一头，显得格外高大。

黄骠马和哈斯额尔敦的感情特别好，它累的时候，会把头靠在哈斯额尔敦的肩膀上休息。不高兴的时候，会把头伸进哈斯额尔敦的怀里蹭来蹭去。哈斯额尔敦累的时候，也会倚着黄骠马的大腿，坐在草地上，闭上眼，睡一觉儿。

他眯眼的时候，黄骠马的尾巴扫来扫去，那是在给他打蚊子呢！

一次，奔跑中的黄骠马踩在了松软的旱獭窝上，蹄子陷进去，马失前蹄，一下子摔倒了。等到黄骠马站起来，哈斯额尔敦的脚还没有从马镫里拿出来，脚悬在半空中，身子拖在地上，哈斯额尔敦当时吓坏了，心突突地乱跳。他轻轻地吁住马。黄骠马特别听话，静静地站着，一动也不动，等哈斯额尔敦把脚从马镫中取出，它才往前走两步。然后回过头，看着哈斯额尔敦从地上爬起来，它像做错了事情的孩子一样，把脑袋探在哈斯额尔敦的胸前磨蹭着。

哈斯额尔敦劫后余生，捋着它的鬃毛，拍着它的背，感激地说："没事了，没事了，你这次救了我一命。"

从此，哈斯额尔敦对黄骠马更好了。他帮它驱赶蚊虫，不管多累，天多晚，也要牵它到河边喝最干净的水，天天给它刮汗、刷毛，还唱歌给它听，黄骠马也越来越温驯了。

其实，野性才是马生命里真正的力量。

哈斯额尔敦有好几匹骑马，骑上一段时间，就会把马放回群里休息，然后骑另一匹。让它们回归马群，和伙伴们在草原上一起吃草、一起奔跑，这样的马才有野性。

哈斯额尔敦给黄骠马卸下了马鞍，牵着它，慢慢走到清澈的河边喝水。贡格尔河蜿蜒流过，马群在山坡上吃草，哈斯额尔敦牵着黄骠马走过来，有几匹受惊的马匆匆走开。

哈斯额尔敦摘下马笼头，黄骠马站在原地，定定地看着哈斯额尔敦，一动不动。

哈斯额尔敦心里一动，走近它，抚摩着它的额头。过了一会儿，黄骠马忽然掉头离开，一步步走向草原深处，不再回头。

哈斯额尔敦呆立在原地。马不会说话，按照主人的意愿奔跑、缓行或者停步，毫无保留地奉献自己，甚至还超出自己的力量，不惜牺牲生命为人类效力，可它们又何尝不想念真正属于它的草原？

三

哈斯额尔敦是贡格尔草原上有情怀、有担当的牧马人，也是三百六十五天蒙古袍不离身的人。

与哈斯额尔敦当年子承父业不同，他的儿女们，没有一个想留在草原上，更别指望他们做地地道道的牧马人。一想到这儿，哈斯额尔敦就忍不住悲伤，然而让这个牧马汉子悲伤的，远不止这一件事。

哈斯额尔敦说："真正的牧民，一年四季要穿蒙古袍。"

自古以来，牧民以马背为家，逐水草迁徙，居无定所，夜里经常和衣而卧，用蒙古袍裹住身子，既可以取暖，又可以当枕头、当蚊帐。

夏天的蒙古袍用棉布或丝绸做成，色彩艳丽，再配以好看的头饰和腰带，领高袖长，袍身松弛，袍襟里小外大，下摆无缝，把年轻的姑娘小伙装扮得美丽动人，比草原上盛开的鲜花还要娇艳；冬天的蒙古袍则是用上等的兽皮，经过各种工艺制作而成。尽管朔风怒吼，冰天雪地，牧民穿上轻便而温暖的皮袍，或马上驰骋，或地上盘桓，或岩穴藏身，或草丛度夜，有皮袍护身，暖意融融。

如今，住在城镇的蒙古人，以及牧区的蒙古族青年男女，已有相当一部分人不穿袍子了。现在的商贩，把服装生意做到了草原上，蒙古族青年男女喜欢穿牛仔装、猎装、羽绒服、西装、老板裤，一种款式可人的时装，往往一夜之间就跑到蒙古族青年男女的身上。

哈斯额尔敦还对现如今人与人之间的关系颇为不满，出了车祸倒在路边却没人出手相救。对于这些事情，哈斯额尔敦表示无法理解。

哈斯额尔敦仍然保持着蒙古人原有的习俗，如果你到了他的家里，不管你和他是不是认识，也不管你带来了几个人，他无论正在做什么事情，都会停下来隆重地招待你，熬奶茶、喝马奶酒、吃奶食品。当你要走了，如果是白天，你的车子性能很好，不会有危险，他会让你走。可是如果你骑着马，或者你的车子性能不好，他知道前面的路非常难走，你可能会迷路、会遇到危险，他绝对不会让你单独走，他会骑上马去送你。旧时的蒙古人就是这样，他住在这里，就是这里的主人，他不会让客人在他的地盘上出事。

哈斯额尔敦说："家有千万财富，不如身边有一个安答。"

哈斯额尔敦说，从前人们离开冬牧场时，都会固定做一件事。在冬营盘的毡房里，留下几盒火柴、一些牛肉干。草原上经常会有迷路的人，又冷又饿地来到冬营盘，这些东西，关键的时候能救命。但是现在的人们离开冬营盘时，再也不会像原来那么做了。

四

哈斯额尔敦岁数大了，老了，牙也掉了几颗。

他的马也越来越少，十匹，五匹，现在，只剩下老迈的黄骠马与他相依为命了。

但是，他仍然骑着马，在草原上快马加鞭，纵横驰骋。每当儿女和朋友劝阻他，他总是笑着说："鹰翅在雄鹰孵出之前，就和天空相配；马蹄在骏马出生之前，就与草原相约。我在出生之前，就与马背相连！我骑在马背上，就像别人走在地平线上……"

哈斯额尔敦极力想把他从父亲那里学到的丰富的放牧经验以及他对草原的认知讲给别人听，可是，偌大的草原，没有几个听众，没有人再对他的讲述感兴趣了。有时候，他就对着他的黄骠马讲了起来。

哈斯额尔敦说，许多年前，有一次他在放牧时睡着了，醒来后夜幕沉沉，茫茫草原，几百匹马无影无踪了。哈斯额尔敦慌了，到哪儿去找？父亲抓起一把土，往空中一扬。然后父亲招呼哈斯额尔敦跨上马，顺着土飘散的方向找去。追出十多里，果然看到了马群！父亲说，夜里放马最怕打雷，草原上炸雷一响，马群四分五裂，谁都无法控制。但它们多半会顺着风向跑，所以顺着风向，就能够找到丢失的马群。

哈斯额尔敦说，父亲的眼睛特别好使，他在晚上没有月亮、星星的情况下，能看到好几里外吃草的马。这时候真靠的是眼睛吗？不是！这时候靠的是耳朵。"马吃草的声音呀，像拉马头琴。"父亲说。

哈斯额尔敦发了一会儿怔，理了理黄骠马的鬃毛，又继续说了下去。

他说："我们放羊吃的草，吃的是一年的阳光；烧的柴，烧的是一百年的阳光；我们烧的煤、用的石油，烧的是古代的阳光。人不能有太多的欲望，不应该侵略了我们子孙应该享用的东西。我们人口变多了，人心变得贪婪了，而贪婪的人心比人口变多了还要可怕……

"人要敬畏大地。草场和河流是蒙古人的生命，风调雨顺，水草肥美，人丁兴旺，都是大自然的恩赐。土地是有灵气的，一踏上蒙古高原这块神奇的大地，它将给你，给它的子孙以最高、最神奇的祝福……

"将来有一天，我希望自己的尸体在生我养我的这片草原变成茂盛的青草，青草被牛羊吃掉了，牛羊被狼或者人吃掉，循环往复，让生命得以永恒。"

哈斯额尔敦说着，倚着他的黄骠马，打起了盹儿。

他梦见自己走在广袤的草原上，天空湛蓝，白云悠悠，碧草如茵，百灵鸣叫，在亘古未绝的蒙古长调中，在日夜流淌的贡格尔河边，传来急促的马蹄声，由远而近，像一场暴雨，草原变得沸腾了，守在毡房的狗叫了起来，很多马嘶鸣起来，草原颤动起来……

在暴风骤雨般的马蹄声中，哈斯额尔敦突然感到有些眩晕，他的眼泪一下子涌了出来。

哈斯额尔敦说："贡格尔草原，需要马，需要马的蹄声！"

哈斯额尔敦的黄骠马，发出了一声悲鸣。

骟 马

马和牛羊能够到达的地方，一定会有一个家，蒙古人的家。

蒙古人的家，都有一个习俗。每年农历的四月，都要给牛马羊举行隆重的去势仪式。

苏和还没有起床，蒙古包外响起狗吠的声音。妻子走出去，狗吠声马上停了下来。

蒙古包的门从外面打开了。苏和睁开眼睛，在一道刺眼的太阳光线中，膀大腰圆的斯日古愣走了进来。

斯日古愣找苏和帮忙骟马。骟马就是给马去势。

在兽医用语中，以手术的方式，割去马的生殖系统，使其丧失性功能称为去势。

去势，说白了就是阉割睾丸，除了择优留下的种公畜外，牧区的公畜一律做绝育手术，一刀割断是非，了却它们在未来岁月里对异性的非分之想。去势，"势"其实就是指雄性的睾丸。带"势"字而有衍生义的成语还有很多，比如，势在必行、以势压人、狗仗人势……

不同的牲畜，选择去势的年龄也不同，羊当年、牛二岁、马四岁、驼五岁。这个时候，它们的生殖器官没有发育成熟，尚不能完成一次完整而有效的性事。

斯日古愣，是达里诺尔嘎查的牧民，贡格尔草原上的养马大户。他和苏和一样，从小在马背上长大，喜欢马，所以现在二人合伙成立了养马协会。

蒙古民族在千百年的游牧生活中，形成了一套独特的养马方法。马生下来，两年之内，让马在草原上饱食青草，膘满体壮，同时精心进行骑乘训练。马四岁就得去势，包括那些发育快的三岁子马。蒙古族称去势之马为"阿塔思"。

骟马时需要把马套住。套马不容易，需要多人合作，通常是几户牧民相约，骟马、打马鬃、烙火印同时进行。

每当这个季节，苏和总是被附近的牧民们请来请去。羊羔的去势比较简单，一般的牧民都会操作。马、牛、骆驼等大畜的去势就非常复杂，要求技术含量，术者手轻、利索、技术娴熟。在牧民的心里，经苏和的手骟出来的马才会"走"，"走"得好，跑得快，体力好，健壮有力。所以在牧区，去势成了有技术含量的"专门"职业，颇受牧民们的欢迎。一个苏木，像苏和这样擅长此术的牧民，不过几人而已。

草原上的牧民，对养牧牲畜最为擅长，他们世世代代在高天大地上游牧，与牲畜朝夕相处，在放牧、饲养、管理、疾病防治和草场、气候的观察利用方面，都积累了丰富的经验。春末夏初是最适合给牲畜去势的季节（骟骆驼是特例，需要在三九天最冷的时候进行），这时候大地刚从冰天雪地中苏醒过来，天暖草萌，牲畜阉割后的创口不会冻伤，而且此时没有蚊蝇的病菌传染，比较容易愈合。

去势的马丧失了性功能，有利于马群的良性繁殖，促进个体发育，这样的马矫健勇壮，长肉快，肉质好，没有膻味，而且性情温驯，不会咬人、踢人，同时耐寒冷气候，便于驾驭和管理。骟马的步法也理想，骑在马背上，稳当，不颠簸。下马后回到家，不用拴，骟马也不会离开走远，去了势的马儿聚成群，也很少嘶叫。如果不骟，一切则反之。试想，当年成吉思汗率领的蒙古大军，如果万马齐鸣，那还能悄然发动突袭吗？

二

奶香、酒香、肉香搅在一起，在蒙古包外氤氲着、升腾着。

斯日古愣杀了两只羊，摆上青稞酒，熬好了奶茶，盛情款待相约而来的亲戚朋友们。

在草原上，骟马不仅是一项生产劳动，也是一种文化娱乐活动，来的人穿着崭新的蒙古袍，那种热闹像过年过节，像那达慕，盛装的人们齐聚一堂。

火已经点了起来，各种火印烧得通红；打马鬃的剪子、骟马的刀子也已准备齐全，一溜儿躺在打开的包布上。

苏和家的马，圈在蒙古包前宽阔平整的草原上，圈马群的人在外面骑着马，拖着长杆，不时发出"嗨嗨"的喊声，防止马群乘机溜掉。

帮忙的人们根据自己的特长和体力，自动分为骟马者、打印者、运送火印者、套马者、戴笼头者、揪尾巴者、剪鬃者、压按马者。

尽管马的生命力很强，但每年的骟马还会造成马的死亡。苏和听老年人讲，二十世纪五十年代，各家各户特别重视骟马，要请当地的喇嘛选择日子并且诵经。骟马这天，在离家不远的绿草滩上，铺上一条白毡，骟马的人坐在上面，主人恭恭敬敬地献上哈达，燃点檀香，主人还要三跪九叩，祈求佛祖保佑。骟马人的身前有一只干净的桶，是准备放阉割下来的睾丸用的。桶底撒了一些粮食，上面倒些酸奶，桶口上缠一圈白绒或放一条哈达。哈达象征吉祥，桶底撒粮食表示牲畜有无穷的繁殖能力。

传统的骟马特别有仪式感。女主人要选一匹体格健壮、相貌好看的小公马，骟马的人还要祝颂一番：

……
骑上后是主人的友伴，
拴在门外是牧户的装点；
放到草滩是故乡的风水，
写进史书是光辉的诗篇。
列宗列祖的规矩，
有去势一关。
成吉思汗的八骏宝马，
也要把这公事办完。
在这骟马的喜宴上，
向诸位亲朋好友，
献上神圣的祝福。

后来，由于草原上的牲畜数量大增，再加上破除传统的旧观念，这些仪式就免除了。

骟马首先要套马。

马经过了一个没有青草的冬天，大都变得瘦瘦的，肋骨一条条突出着。但是，那些生个子马从来没被人套住过，脾气暴，反抗尤其激烈，特别能折腾。还有一种马是牧民骑过一段时间，又放回马群的，跑上一两个月，性子又野了，而且一看见套马杆，就知道要套它们了，它们有了经验，绕着场地跑，左藏右躲，追很多圈都套不上。

苏和家有一匹黑色的生个子，它一直吃奶，吃到两岁，强壮有劲，套住它的脖子后，它一直折腾，大家费了将近一小时的力气，才接近它，给它套上笼头，可是它还是拖着笼头逃走了。

别看苏和身体高大粗壮，但骟起马来心细而麻利，下手果断而准确。他首先用碘酒或者酒精在睾丸囊皮外局部消毒，然后切开睾丸囊皮，用手攥住睾丸，迅速拉断粘连的黏膜和输精管，然后在伤口处撒上消炎粉，用力捏合几下，就可放回马群。

如果需要骟的马少，骟马的过程可以更细致一些。将睾丸摘除后，先用小木板将切口夹紧，并用烧红的烙铁烙焦止血，然后再敷上消炎的药品。万一马的伤口发炎肿疼，在碓子里放一块烧红的石头，上面浇上水，用散出的热气熏蒸伤口，就会很快愈合。

马骟了后，要牵出去遛遛，或者赶着在草原上走一走，以防瘀血。七天后骑马跑上一程，让马出出汗。但是不能剧烈奔跑，也不能使役过重。按照蒙古风俗，牲畜去势以后，三日之内忌讳动土，据说动土以后牲畜的伤口好得慢。骟马刀子也要夹在蒙古包的乌尼杆（蒙文音译，支架）里，三日之内不能触动，然后用白绒缠刃，放在干净地方。

如何处理阉割下来的睾丸，不同牧区处理的方式不一样。睾丸对人有特别好的滋补作用，仔畜的睾丸是"仔福"，如果与外人共享，"仔福"就会外流，所以必须是家里人共吃。有的地方则是请朋友们一起吃睾丸、喝酒，奉行的是有福大家共享的原则。吃法也不同，有的同米饭一起煮食，有的可以炒着吃，有的就在野外烤熟吃。乌珠穆沁旗不吃马睾丸，在野外骟的就扔到野外；在浩特（蒙文音译，营地）跟前骟的，就扔在山顶上。还有的在马骟完爬起来时，就从肚皮底下扔掉了。

骟下来的马睾丸足有一大盆，斯日古愣的妻子将它们熬煮成米粥，请帮忙的人、家里的老人和孩子一起吃。用马睾丸煮的粥不放盐，但每个人吃得津津有味，说着"赛汗艾么太（蒙文音译，好味道）！"

喝酒的时候，大家又说起苏和家那匹跑了的生个子马。斯日古愣说："它太壮实，太能折腾，难以驯服，将来一定能成为一匹好公马。"

说完，斯日古愣劝苏和多吃点睾丸，拍拍苏和的肩膀，笑着说："多吃点，你才会像你的马那样，能折腾！"

三

苏和吃完饭，回家的时候，手里拎着两块砖茶、四瓶酒，这是斯日古愣给他准备的礼物。草原上有一个习俗，骟马的人不能空手出门，要给砖茶、缎面或酒作为礼物，也有送钱或者羊羔的，名曰"净手"。如果不"净手"，牲畜被骟的创口不容易愈合。

苏和回到家，那匹黑生个子马站在蒙古包前。它没有回马群，而是拖着马笼头，回了主人的家。

苏和走上前去，黑生个子马扭头看了看主人。眼睛里湿润润的，有泪光，有委屈。苏和用手拍了拍它的额头、脊背。它不屑一顾，甩了甩头，仿佛仍然不原谅主人似的。

蒙古包外，月亮高高地挂在天空上。大地一片静谧，黑生个子马支起耳朵，听着蒙古包里面的动静，偶尔打个响鼻。

第二部分
踏踏蹄声

每一匹蒙古马的心里，都有一片辽阔无际的草原；
每一副老旧的马鞍下，都深藏着一个温暖动人的故事；
每一片天堂草原的回忆里，都回荡着马蹄踏踏而来的声音；
每一滴敬天敬地的马奶中，都蕴含着牧马人的深情祝福……

忠贞的母马

一

刚下了一场小雪，贡格尔河结着一层薄冰。

贡格尔河发源于内蒙古克什克腾旗的黄岗梁山脉，从阿拉烧哈山西麓潺潺流出，向西南蜿蜒而去，最终流入达里诺尔湖。中间流经美丽辽阔的贡格尔草原，故称贡格尔河（蒙语音译，弯弯曲曲的河）。

贡格尔河也是马牛羊和狍子、马鹿、野猪等野生动物重要的饮水地。

每天清晨，是贡格尔河最热闹的时候。

大群的马跑到贡格尔河，跳到河里，踏碎薄冰，喝完水，纷纷返回河岸。

突然，马儿的欢腾让一匹老公马的落水打破了。

落水的老公马两条前腿紧紧地扒住河岸，拼命往上爬，它的身体却仿佛坠了铅一般，向水里滑落着。一次，两次，老公马筋疲力尽，它的两条前腿软塌塌的，再也扒不住河岸了。它一使劲儿，前腿就软了，甚至有一次，几乎马上要爬上来了，可还是功亏一篑，栽倒在冰冷的河水里。

老公马挣扎着爬起来，河里的污泥沾在它的四肢上、脖子上，淋淋漓漓地流下来，寒风一吹，浑身打着哆嗦。

岸上的马群静静地看着，突然，从马群里跑出一匹儿马子，照着老公马的脖子就咬了一口。于是，一匹，两匹，群里所有的儿马子见状，纷纷跑过来咬它，仿佛在发泄对它的仇恨，又好像在向母马炫耀自己的武力。

老公马是一匹统领了马群多年的种公马，身材高大魁伟，威风凛凛。曾经，它是一匹出色的公马，它群里的母马最多，在草原上，拥有很大范围的采食面积。可是渐渐地，它失去了往日的威风，腿也瘸了，它身边的母马越来越少，被其他年轻力壮的儿马子抢走了。

它老了，身残力衰，残酷无情的儿马子借机向它发难，老公马只有招架之功，没有还手之力。曾几何时，它只需扬起头，抖一下鬃毛，长鸣一声，其他的儿马子马上退避三舍。

河里溅起了巨大的水花，几匹马搅在一起，儿马子对老公马的伤害仍在进行。

看到这个情况，牧马人挥起套马杆，打走了咬老公马的那些施暴者。

在牧马人的帮助下，老公马终于上了岸。牧马人准备赶马群走，可是，此时的老公马一步也走不动了。尽管牧马人一催再催，它还是精疲力竭地站在河岸上，一动不动。

牧马人没有办法，只好决定把它留在原地，任它自生自灭。

马群向远处走去。忽然，马群中传出一声嘶鸣，一匹毛色发亮的年轻母马，发疯似的冲出马群，狂奔到老公马的身边，打着响鼻，急切地用嘴拱着老公马。

老公马扭过头，瞅了瞅母马，又沮丧地回过头，眼睛里充满了无奈。

母马围着老公马，咴儿咴儿地叫着，老公马一动不动。母马不死心，走到老公马的身后，用头使劲地拱，催促老公马去追赶马群。

老公马勉强站稳，试探着向前走了几步，身子不停地晃悠着，只好颤抖着停了下来，喘息着，望着已经远去的马群，目光绝望。

母马跑到它的身前，用嘴不停地嗅着老公马的嘴巴，仿佛一边关切地问它到底怎么了，一边为它鼓劲。

老公马无力地摇了摇头，望着远方腾起的尘土，扭过头，勉强朝母马打了两声有气无力的响鼻。

这匹年轻母马是唯一没有被别的儿马子抢走的母马，一直陪着老公马。

牧马人返回来，想把母马赶回马群。可是，母马一次次地跑了回来，依偎在老公马的身边。

牧马人使尽了浑身解数，仍旧无法把母马从老公马身边赶走，只好把它留下，慌忙地追赶马群去了。

天气更冷了，皑皑白雪覆盖了空旷辽阔的贡格尔草原，把万物盖得严严实实，冬季的草原沉重肃杀。

草原没有了生机，河水停止了流淌。

在广阔苍茫的天地间，一匹老公马，一匹年轻母马，和远处起伏的山峦、广袤的原野、蜿蜒的草原公路，隐没在茫茫的世界里，一切都显得那么渺小，天地间一片银白。

二

冰雪消融，春回草原。

丹顶鹤、白鹳、大鸨、天鹅等迁徙的鸟类重新飞回了达里诺尔湖。

清晨，牧马人听到外面有动静，急忙穿好衣服，出去一看，一匹又瘦又脏的马，站在蒙古包的外边。

牧马人认了出来，是那匹母马，它陪伴着老公马，度过了整整一个严酷的冬天，直到老公马死去，它又独自找了回来。

看到这匹自己找回家的母马，牧马人急忙拿出马料。他以为母马早已和老公马一起，死在了严寒的冬天。

趁母马吃料之际，牧马人拿出马刷子，刷去它身上的污泥，刷了一遍又一遍。

母马瘦得厉害，眼窝深陷，马毛凌乱，肋骨一根根突起，肚子却大得出奇。

母马意外怀孕了。

从此，牧马人开始精心照顾这匹瘦骨嶙峋的母马。

母马每天躲在角落里慢慢咀嚼无味的干草。它更瘦了，毛色黯淡无光，偶尔会走一走，累了就望着荒芜的草原发呆。

阳光温暖，和煦地照着大地；春雨淅沥，滋润着干渴的泥土。小草听到春风的召唤，偷偷探出了头。母马迫不及待地张开大嘴，朝它们啃去，只啃到满嘴泥土，并没有尝到青草的味道。母马失望地抬起头，望见不远处泛起的一片新绿。

嫩绿的小草、清新的草香刺激着母马的神经，它摇晃着跑过去，仍然不见有多少青草，跟刚才啃过的地方没什么两样。母马来不及多想，继续朝着远方的绿色跑去，趔趔趄趄，翻过大黑山没追上，蹚过亮子河还是没追上……

初春，贡格尔草原青草萌生，能看到绿色，闻到草香，实际上草并未长起来。牲畜就这样追逐着，跑来跑去，徒费体力，蒙古人称之为跑青。牧民在这段时间里，会限制牲畜的跑动，以减少损耗。

母马气喘吁吁，神情忧郁地站在草原上，静静地向远处凝望，眸子里满是回忆的泪光……

那是仲夏的一个早晨，天空没有一丝云彩，阳光把碧绿的草尖打亮。微风浮动，润湿的空气里弥漫着芳草的清香。母马悠闲地漫步在草地上，这时一匹儿马子从不远处的一个斜坡上横冲过来，围着母马奔跑，时而腾起前蹄，时而摇晃着身子，尽力向母马示好求爱。母马原地打着转，将一片片花草踩在脚下。母马趁儿马子不备，撒开蹄子向远方跑去，长长的鬃毛随风飘动，一身枣红的毛发闪闪发光。儿马子紧追不舍，母马停住了脚步，回头怒视着儿马子。儿马子步步紧逼，母马向左跑几步，向右跑几步，始终找不到出路。这时只听得一声长嘶，一匹健壮的公马从天而降，两眼炯炯有神，鼻孔微微张开，一步步逼向儿马子，儿马子也不甘示弱，抬起后腿一阵猛踢，公马抬高脖子，岔开前腿，向儿马子发起猛烈的进攻。几个回合下来，儿马子的耳朵受了伤，耷拉着脑袋奔向远方。公马静静望了一眼母马，随后慢悠悠掉转头离去。受了惊吓的母马，浑身战栗，忽然醒悟了似的，跑过去，紧紧跟在公马身后。

天气晴朗的时候，公马领着母马在草地上奔跑，一前一后，蹄下生风，踏起无数花香。有时它们到河边饮水，公马就领着母马到上游寻找干净的水源，痛饮一番。清澈的河水倒映着瓦蓝的天空，远远望去像蓝色的哈达。公马母马的头紧挨着，耳鬓厮磨，水中两个清晰的倩影随波聚散，温暖祥和。

母马懒懒地趴在草地上，情绪恹恹；公马焦虑地围着它转，不时拿头拱母马，在母马身上使劲嗅着，警惕地望着四周；母马怀孕了，它们的爱情发了芽。

……

可是，公马逐年衰老，最终离开它而去了。

淡淡的月光下，疲惫不堪的母马想着白天奇怪的青草。

第二天，母马又来到草原。远处的草更绿了，它仿佛看到草浪随风起舞。母马拼命追逐，耗尽力气，还是没有追到好吃的青草。可是母马充满希望的目光，依然执着地望着远方的青草，依然在牧马人的吆喝声中，竭尽全力地跟着马群。

有一天，牧马人赶着马群，在贡格尔草原深处，看到了一具马的尸骨。

那匹母马突然冲出马群，嗅着地上凌乱的尸骨，不断发出悲鸣；当别的马试图接近时，母马一反常态，拼出浑身的力量，又踢又咬。

牧马人一看这情形，就知道这是老公马的残骸。

整个下午，母马一直围着尸骨嘶鸣，到了晚上，才恋恋不舍地返回马群。

马群走出老远了。母马始终走在最后，不时地停下来，回过头，悲恸欲绝地遥望。

三

母马的肚子更沉了，已经接近临产。

牧马人担心母马撑不到这一天，它太瘦了。

牧马人每天早晨起床第一件事，就是去瞅一眼这匹母马。母马仍旧在那里站着，眼睛眯缝着，一副似醒不醒的神情，牧马人感觉它随时都会死去。

母马毛色黯淡，鬃毛蓬乱，脊背塌陷……它的腿有气无力地抬着，使本来孱弱的身躯，在料峭的春风中，摇摇欲倒。

马是长年站着的动物，只要一趴下，大多就意味着死亡。

母马好像真的撑不住了。有几次，它摇摇晃晃地，四蹄频繁地替换着，一副即将轰然栽倒的样子。

母马终于倒在了地上，牧马人吓坏了，急忙奔了过去，发现它躺在地上分娩。

母马强忍着剧痛，用力地将马驹推出产道。

过了好长一段时间，还是没有生出来。母马颤巍巍地站了起来，不时地回顾明显下陷的腹部，转了两圈，又躺在了地上。

马驹的两条前腿出来了，正常情况下，马驹的头部附于两条前腿上，如果母马的骨盆狭窄、胎儿过大、胎位不正，都会造成难产。

马驹还是卡在母马的屁股上。母马痛苦万分，虚汗淋漓。

牧马人心里知道，母马身体虚弱，子宫收缩无力，无法顺利产下马驹。

在牧马人的帮助下，马驹出来了。牧马人撕断马驹的脐带，擦干马驹口、鼻处的黏液。如果是健康的母马，马驹一出生，母马就会舔干马驹身上的黏液。可是母马太累了，它站不起来了。

刚生下来的小马驹，站起时要向不同方向摔倒几次，传说这是跪拜四方诸神，然后才能站立起来。

小马驹大大的眼睛、毛茸茸的睫毛，和老公马一样，毛色枣红，那枣红色的身体，俊美匀称；飘逸柔顺的马尾，一直垂到脚踝。它的额头上还有一道和闪电一样的白色垂针。

它果然和它的母亲一样，是一匹好马，通人性。刚产下的马驹在出生后十五分钟到半小时内，就会站立起来，立刻寻找母马吃第一口奶。

母马再也站不起来了，它奄奄一息，甚至连闻一闻小马驹的力气都没有了。

马驹刚一出生，马上就要失去母亲。没有了母马的奶水，它怎么活呀！

牧马人喊来附近的牧民，他们用木杆子把母马架了起来。

马驹钻进母马的身下，仰起脸，叼住了奶头。

母马忍着疼痛，用眼睛的余光瞅着小马驹。

牧马人举着舍不得吃的干粮，递到母马的嘴边。母马懂事地吃掉了。它知道，只有这样，它的孩子才能活下来。牧马人高兴极了，精挑细选了一把柔软的干草，希望能增加母马的体力。母马叼在嘴里，老半天才努力地咀嚼一下，像是吃饱了。

马驹吃到了初乳，欢实起来了，它活蹦乱跳地围在母亲的身边玩闹。晚上，夜风习习，小马偎在母亲身边，在初夏的夜色里，听着贡格尔河边如潮的蛙声。

牧马人慢慢捋着母马的鬃毛，端详着它的面容。他发现，每隔三五天，母马就瘦下去几分。

马驹哀怜地望着母马。

母马悲戚的眼睛，半天才眨一下。它什么都吃不下了。

踏踏蹄声

096

终于撤去了木杆子，母马没有力气站着，"轰"地倒下，又颤颤巍巍地站起来，不一会儿又"轰"地栽倒……

母马侧着身，四肢伸开，安安静静地躺在草原上，眼睛半睁着，瞳孔里泛着幽微的光，睫毛上有泪挂着。

四

牧马人将马驹抱回家，交给了额吉。

牧马人情不自禁地说起母马对老公马的陪伴，说起母马对老公马生死不舍的爱情，说起母马凭着母爱的力量，顽强地产下它的孩子，直至马驹吃上奶水……

牧马人说："太揪心了！"说完，把帽子扣在了脸上。

额吉看着流泪的儿子，也掉泪了。

五

在草原上，额吉忙个不停。

一匹褪去了乳毛的马驹，一刻不离地跟在额吉的身后。

马驹好奇地嗅嗅这儿，闻闻那儿。在蒙古包的周围，在不知是炊烟还是晨雾的早晨，无拘无束地撒欢儿。

公马黑虎

一

夏日，葱绿无垠的贡格尔草原，一匹匹长鬃飞扬的蒙古马，沿着它们早已熟悉的路线，从草坡上争先恐后地奔腾而下，四蹄翻飞，长长的马鬃、马尾随风飘动。一匹马接着一匹马，重叠交错成一个流动的整体，汇聚成一片杂色的马群，如海潮般奔涌而来。

蒙古马时而高扬骄傲的头颅，仰天长嘶，惊心动魄的嘶鸣响彻天空，雄浑的马蹄声在大地奏出的鼓点由远而近，轰隆隆地动山摇。杂沓的马蹄扬起滚滚的尘土，那种奔腾的美、力量的美交织在一起，在草原上构成了一幅震撼人心的画面。

突然而至的马群，顿时让静谧的贡格尔河畔变得十分嘈杂。泛着清凌凌光芒的河水，在马蹄下惊起四溅的水花，荒僻苍凉的草原瞬间呈现勃勃生机。

马的嘴唇亲吻着慢慢流淌的河水，在清水的抚慰下，刚才还躁动的马儿突然变得无比温柔顺从。

喘息片刻的小马驹，趁着母马喝水的时机，调皮地把头拱到妈妈的肚皮底下吃奶。小马驹刚出生不久，四肢匀称，鬃毛卷曲，眼眸黑亮，对一切充满了好奇和疑惑，全身洋溢着对草原的热爱，对奔跑的热爱，对脚下的花花草草和河水里时而清晰时而纷乱的影子的热爱。它们落到草原上的那一刻，就无比勇敢，向往自由，毫不畏惧狂风暴雨的侵袭和倏忽消逝的闪电，不顾一切地去跟恶劣的自然环境做斗争。

还有不少怀孕的母马挺着滚圆的肚子，走起路来，一步三晃，好像肚子里的小马驹就要掉下来一样，叫人格外担心。

在散乱而有秩序的马群中，一眼就能认出公马黑虎，因为它无与伦比的强壮和凶悍。它是一匹正值壮年的黑色公马，黑色的身躯浑身洋溢着一种高贵不可侵犯的气质。主人叫它"哈尔巴拉"，汉语是黑虎的意思。黑虎匀称高大，头高胸宽，四肢健壮，毛色发光，最醒目的特征是脖颈上披散着垂地的长鬃，流泻着无穷的力量与威严。它管理、保护着这个由母马、骟马和马驹组成的王国，凌厉的目光里透着王者的威严、丈夫的温柔、父亲的慈爱。

在草原上，每一个马群都有一匹留着长鬃、比其他的马高出一头、雄赳赳的种马，它们个个凶猛好斗，肩负着配种繁殖和保护马群的重任！

种公马是马群的灵魂，是马群真正的首领和杀手。蒙古人熟识马性，从不给马建立房舍、马厩，通常采用粗放式牧马，将马群放归大自然，任其在草原上自由奔跑，四处迁徙，自由觅食，并让它们按照自然习性组建家庭，自然繁殖。蒙古马处于半野生的生存状态，在野狼出没的草原上风餐露宿，夏日忍受酷暑蚊虫，冬季能耐得住零下40℃的严寒。每群几十匹马不等，成员的多少全凭种公马的能力。种公马的贡献最大。一匹种马一般能配20~30匹母马，多了身体无法承受！除了交配繁殖，种公马还肩负着保护马群家族的责任。无论白天黑夜，种公马都警惕地护卫着马群。

一遇到狼，马群立即在种公马的指挥下围成圈，小马、病弱的马在内，种公马、健壮的骟马、母马在外，随时准备与狼战斗。

种公马则离开编队，围绕着马群奔跑，扬鬃嘶鸣，悍然与狼正面搏斗。种公马披散长鬃，喷鼻嘶吼，依靠两只后蹄高高直立起来，两只巨大的前蹄犹如刺出的长矛和铁戟，迅疾向狼头和狼身刨去。一旦击中，狼即命丧蹄下。在草原上，再凶狠的狼也很难是种公马的对手。狼不敌逃跑，种公马便低头猛追，连刨带咬。凶猛暴烈的种公马能咬住狼，把狼甩上天，再摔在地上，用蹄子刨死。

种公马在夜间非常警觉，站在群外，竖起耳朵，细心倾听着四面八方的异常声响。一旦发现有野狼试图偷袭，便扬头屈颈，前蹄刨地，抖鬃举尾，喷着响鼻，马上向马群通报消息。随后奔向狼群，前刨后踢，追赶撕咬，与狼激烈搏斗，经常令种公马大汗淋漓。第二天，有经验的牧民看见种公马全身湿透、疲惫不堪，就知道夜间有狼袭击马群。

黑虎性格凶猛暴躁，是草原上无人敢骑的烈马。与其他公马最大的区别是，它那雄狮般的长鬃，几乎拖到地上。草原上的牧民称之为"拖地鬃"。牧区有一个习惯，种公马从小就不剪鬃毛。据说种公马和狼群搏斗时，全靠鬃毛的威风才能够战胜敌人，保护自己的妻妾子女。

黑虎对自己的子民极其负责。一次，有个牧民闯入马群里套马，惊慌的马群四处奔逃，一匹小马驹被网围栏缠住了。惊恐的母马没有注意自己的孩子独自跑回了马群，而领头的黑虎返回去，着急地围着小马驹转来转去。小马驹从网围栏里挣脱出来，黑虎引导着小马驹，回到了马群。群马呼啸，马蹄声声，扬起巨大的尘埃，一起奔向广袤无垠的草原深处。

黑虎看着它的属民们在河边饮水、沐浴，享受着一池河水给它们带来的清凉。它也很享受这盛夏时节一家团聚的美好时光。

贡格尔河在绿色的草原上，静静地盘桓流淌，一闪一闪地，发出耀眼的波光。

天气却闷热得要命，烈日似火，大地像蒸笼一样。稠乎乎的空气好像凝住了，仿佛一丝火星就能引起爆炸似的。

突然，黑虎躁动不安，健壮有力的四肢在河水中交错地刨踢着，高傲地扬起头颅，愤怒地朝着远处的山丘大声嘶鸣。

二

这是贡格尔草原上最炎热的一天，也是引起马群强烈震荡的一天。

考验黑虎的时刻来临了。它发现，在远处高高的山丘上，傲然站着一匹白色公马，它居高临下地审视着马群的一举一动，已经耐心观察许久了。

已经掌管马群多年的黑虎，远隔四五千米，就能感觉到其他公马的存在或者逼近。这是种公马特有的感知力。同时，种公马对草原有特别的记忆，它知道哪里的草最好，哪里的水最清。有水源的地方，一定有其他的马群出现。

果然，侵略者出现了。

这匹不请自来的白色公马，威武强壮，从它英俊漂亮的外表，不紧不慢、潇洒沉稳的步伐，一看就是一匹正值青年、被父亲从马群中赶出的"儿马子"。它在野外四处游荡，长年的流浪生活，风霜雪雨的大草原，已经将它锻造成一匹体魄强健、胸宽鬃长、皮厚毛粗的烈马。它不仅能抵御西伯利亚暴雪，也能扬起前蹄，踢碎孤狼的脑袋。这样强悍的年轻公马，最受母马们的青睐。

黑虎从白色公马冷峻的眼睛里，读出了傲慢和蔑视，读出了觊觎和挑战。

母马们也意识到了危险的来临，马群开始骚动不安。

来犯的白色公马不动声色，静静地立在高高的山丘上。身后，天空辽阔，白云悠悠。

天气热得让人喘不过气来，草原上没有一丝风，这个时候，最好的选择就是休憩。但是，黑虎嗅出空气中战争的味道，它必须快速出手，打败公然挑衅的来犯强敌。否则，水源就会被占领，更重要的是，它的"后宫佳丽"就会被悉数夺走，它也会被无情地逐出马群，在草原上流浪，从而一直孤独到死。而取代它的公马将成为马群的王者，对它的妻妾们拥有至高无上、毋庸置疑的管理权和交配权。在公马的一生中，对于争夺母马交配权的战争经常发生。

这是马群优胜劣汰的需要，符合大自然强者生存的法则。

黑虎披散着长长的鬃毛，四蹄腾空，疾如风电，向着远处的山丘奔跑起来，浑身的肌肉充满了力量和勇气。

远远看去，黑虎犹如一头凶猛的鲸鱼，在绿色的草海破浪前行，被征服的草海从中间划开，从两侧风驰电掣地向后退去。

白色公马并没有被黑虎的凶悍气势所吓倒，盯视了片刻，便毫无惧色地扬起头，如箭一般朝黑虎迎面飞奔。

两匹马的马蹄重重地踏在了草原上，尘土翻腾，各种颜色的鲜花张皇地向两旁闪避着。

草丛中的百灵鸟，被突然而至的蹄声惊动，一只只尖叫着，惊慌失措地飞到天上。

白色公马旋风一般地迎上来，在面对面接触的一刹那，两匹公马腾空而起，四只前蹄在空中对打，嘶鸣声、撞击声传出好远。

它们在为心仪的母马大打出手，跟人类争夺女人一样。它们的体重都在500千克左右，攻击的武器主要是粗壮的后腿和坚硬的前蹄，这都有可能给对方造成巨大的伤害。一招不慎，即有出局或者丧命的可能。

黑虎和白色公马依靠它们强有力的后腿跳跃或者站立，用坚硬有力的前蹄攻击对方的头部和胸部。它们的嘴张得大大的，互相躲避，互相撕咬，牙齿碰撞声、马蹄碰撞声，火星乱冒，夹杂着愤怒的嘶吼。

它们一次次跃起，在空中对打、撕咬，然后又一次次重重地落在地上。

有的时候，这样的大战会持续几小时，两匹公马互不相让，伤亡惨烈，尤其是在安静的夜间，打斗声在草原上传出老远，十分恐怖。如果没有牧马人闻声赶来，用马鞭将它们使劲抽开，赶跑其中一匹，那么战争就会延续下去，往往一死一伤，才是最后结局。

白色公马开始力不从心。

黑虎又一次直立起来，坚硬的前蹄瞄准了它的头部，白色公马大惧，急忙撤身躲避。毫不松懈的黑虎趁机扑上去，开始了一系列的啃、咬、踢等组合攻势。白色公马只有招架之功，没有还手之力。

黑虎咬住了白色公马的脖子，白色公马抬不起头来。它负痛挣脱，却被黑虎从后面一口咬住了臀部，摇头猛甩，撕开了一道长长的口子，鲜血淋漓。

强壮的白色公马惨叫一声，落荒而逃，最终输掉了这场战争，觊觎已久的"美女梦"化为泡影。

黑虎望着惊惶逃遁的白色公马，乐不可支地绕场奔跑。它骄傲地扬起头，长鬃飘飞，跑姿优美，向整个马群炫耀自己不可战胜的雄厚实力，庆祝大战告捷。

这时，马群中出现细微的异常。几匹被挑逗起来的骟马，突然开始追逐一匹年轻的小母马。小母马食欲不振，兴奋不安，四处游走，尾巴摇摆。

牧民会把不能当种马的公马骟掉，这样能防止不够优秀的公马私下交配母马，同时也避免了它们与种公马之间的争斗，牧民把这种马叫"骟马"。骟马可以跟着马群一起活动，但是种公马也会要求它们和母马保持距离。

黑虎箭一般冲过去，发出一声雷霆般的怒吼，吓得几匹骟马纷纷四散奔逃。

这是一匹小母马。黑虎记得当初将小母马收编入群时它的样子，体质羸弱，四肢纤细，削肩瘦腰，胆小怕事。而今，发育得腰圆臀肥，凹凸有致，婀娜多姿。

三

在草原上，狼是马群的天敌。

马在白天睡觉，只是几分钟。这种短暂的睡眠，一天里会有好多次。但是，马在晚上九十点钟和拂晓时会极度困倦，在这个时间最容易进入深度睡眠。狼很聪明，知道马什么时候睡觉。它们一直跟踪着马，趁马昏昏欲睡之际，就会发动突然袭击。这个时候，高度警惕的种公马总是最先发觉，它会大声嘶鸣，惊醒的马群快速集结。种公马则长尾倒竖，鬃毛耸立，像一头雄狮一样在外围奔驰警戒。

有人曾在夜里见到此时此刻的种公马，身上冒火，眼睛发绿。

狼如果斗不赢种公马，就休想破得马阵。曾经有一个马倌丢失了马群，几天后马群回来了，独独不见领头的种公马。他寻到几百千米外，发现了种公马的残骸、血迹和与恶狼搏斗的现场。这匹种公马为了保护它的马群，自己却丢了性命。所以，牧民经常说，一匹好种公马，赛过一个好马倌！

"五畜"防狼，羊最弱，其次是骆驼，马最强。别看骆驼个子最高，自卫能力反而不如牛马。

狼在猎杀的过程中，每一匹狼的分工不同，进攻方式也不同。

狼攻击马群，第一个目标是马驹。那些刚生下几个月的马驹，身体瘦弱，奔跑速度慢。当狼突然出现的时候，马驹吓得不知所措，最易成为狼攻击的首选目标。只有那些胆大机警的马驹，才会紧紧贴着母马狂跑；找不到妈妈的，就紧紧跟在大马的身边，躲避狼的攻击。

有的狼会蹿上马背，咬住马肉后，死死抵住马身，然后盘腿屈腰，猛然跳下。这样，一大块马肉就会被连皮带肉撕下。跳在地上的狼一个跌滚，爬起身，仍然锲而不舍地向受伤的马扑去。此时的马会极力将狼甩下，用前蹄猛刨，用后蹄踢，用嘴咬，都会致狼重伤或死亡。狼在跳下马背的瞬间，也可能跌断腿或者摔伤，甚至殒命于马蹄下。

有经验的狼追上奔跑中的马，则会纵身跃起，一口咬透马两肋后面最薄的肚皮，重重地悬挂在马的侧腹上。尖利的狼齿，会依靠狼自身的重量，撕开马的肚皮。马为了甩掉狼，发疯地用后蹄蹬踢狼的下半身，一旦踢中，狼必然骨断皮绽，肚破肠流。同样，马踢中了狼身，却又给狼牙狼身加大了撕拽的力量，有可能被猛地撕开肚皮，置自己于死地。

喷溅到草原上的马血，会大大刺激狼的猎杀血性，整个狼群纷纷仿效，互相配合，对马群围追堵截。马一旦被狼咬住，如果摆脱不掉，就会陷入群狼的包围之中。

而其他的狼则会冲散马群，并对小马驹、弱马下手，它们猎杀完一匹，就会马上奔向下一个目标。待猎杀结束后，才回来收拾战利品。

种公马为了保护自己的马群，不但尽职尽责，有时还不惜以死相拼。一匹好种公马可以同时对付四五匹进攻的狼！有经验的种公马会把马群引导到有马倌或牧民居住过的地方。牧民听到种公马的嘶鸣，就会迅速赶来。

如果种公马倒下了，会有另一匹公马昂头长嘶，挺身而出成为马群的头马。有了新的种公马，马群会迅速恢复蒙古战马群本能的团队精神，组织起千百年来对付狼群的传统队形，重新投入战斗。

所以说，无论是狼群还是马群，彼此之间进行的都是生与死的博弈。

千年的贡格尔草原，见证了一次又一次狼对马的残酷屠杀。

"头马不慌，群马不乱。"草原上的牧民都记得黑虎与狼群的一场精彩搏杀。

深夜。一群饥饿的狼，蹑手蹑脚，散开队形，在头狼的率领下，潜行至马群的身边，准备向马群发动突然袭击。

时刻警觉的黑虎高度冷静，临危不乱。它立即将马群集合到一起，摆出阵形，做好殊死一搏的准备。

在马群外，黑虎扬起马鬃，翘起马尾，瞅准头狼，迅疾地向它冲去。头狼毫无惧色，猛地扑向黑虎。黑虎高高地扬起前蹄，刨向头狼。恼羞成怒的头狼急忙转身，一声长嗥，扑向黑虎的身后，企图从后面发动进攻。黑虎不慌不忙，马头下沉，屁股高高撅起，两只勾紧的后蹄猛烈腾空弹射，如雷霆万钧之力，将头狼重重地踢翻在地。

黑虎乘机倏然转身，咬住惨遭重创的头狼，疯狂地将它抛到天上，在头狼落地的瞬间，黑虎高高举起两只前蹄，重重地刨在头狼的身上，而后就是一阵疯狂的猛踏。它绝不会给头狼留下死里逃生的机会！

头狼经此致命打击，一命呜呼！

头狼已亡，其他在马群中穿梭奔走、嗥叫恫吓的狼，尚没有展开有效的进攻，纷纷惊悚而逃。

整个马群没有任何伤亡。

有蒙古民歌这样赞颂种公马：

苍狼般的两只耳朵，

明星般的一双眼睛；

雄狮般的前躯，

猛虎般的体形；

钢铁的四蹄，

扫地的长鬃；

生在三九，

奇寒不减膘情；

走起来赶上黄羊，

跑起来胜过旋风；

远行时宝驹一匹，

狩猎时良骏一乘；

遇敌它为战友，

安邦它是功臣。

四

黑虎的眼睛里闪烁着凛然杀气，一次次将女儿咬出马群。

女儿已经三岁了，身材丰满，体态风骚，眼睛里蒙着一层雾，湿湿的，润着光。

为了避免近亲繁殖，自己的女儿一旦达到性成熟，种公马就会毫不犹豫地将它们赶出马群，让它们出去重新组成新的家庭。

这是马的特性。

蒙古马在气象万变、旷野无际的大草原长期生存和繁衍过程中，不仅完全适应了这一环境，而且养成了特殊的生活本领和社会属性。马通人性、有节操，绝对不会跟自己的母亲或者女儿交配。当小母马长到交配年龄，它们的父亲就会主动将其驱逐出群，逼迫其另立门户，寻求新的生活。如果女儿不愿意走，父亲就会冲过去又踢又咬。从科学角度来说，这种独特的习性有利于马群的优生优育，有效地防止了由近亲繁殖而导致的种群退化。

黑虎正在驱赶自己的女儿。但是，一切并不顺利，也许黑虎太过心急，对女儿来说，它们还需要时间来接受这个要离开家、离开母亲的事实。

还有，现在马群太少了，草原上建了围栏，小母马一次次被父亲咬出来，没地方可去，只能远远地、无奈地、可怜地继续跟着自己的马群……

小母马需要亲情和家庭，需要群体的温暖。它们领首垂尾，做出一副顺从的姿态，慢慢向马群靠拢，希望以时间来缓解父亲对它们的驱逐。黑虎又一次冲上前去，这次它真的愤怒了。它发疯一般，低着头，像咬狼一样去追咬自己的女儿。马群乱成一团，女儿被咬得无处可逃，急忙跑到母亲的身边寻求庇护。可是喘息未定，黑虎又快速赶到，对女儿又踢又咬。母马仿佛看不下去了，试图保护自己的女儿，可是，立即遭到了黑虎的攻击。

对一匹优秀的种公马来说，它绝对不允许这种情况发生。

女儿惊慌失措地逃出群外，在逃跑的路上，还重重地跌了一跤。女儿无法理解父亲的暴行，硬撑着被咬得伤痕累累的身体，向父亲发出凄惨的长鸣，仿佛在苦苦哀求。可是，黑虎视若无睹，向女儿猛喷鼻息，狠狠刨地，向女儿示威，恐吓它们不要重返家族。

女儿只好伤心地走了，逐渐消失在茫茫的草原上。

群里的马，都是黑虎的顺民，它们必须无条件服从黑虎的管理。黑虎决不允许群里的母马跑到其他群里去。如果母马跑去和别的公马约会，它会暴躁地把母马圈回来。同样，它也会对其他群里的公马，连踢带咬，拒绝其来到自己的群里，以免在以后的日子里，夺取它的"皇位"。

但是，黑虎会收留或者抢夺其他种公马驱逐出来的小母马。

它开始了抢亲行动。目标是一匹刚刚成熟的小母马，它有妩媚动人的眼睛，柔顺发亮的毛色；长身细腰，丰乳肥臀，青春靓丽，跑起来像鹿一样轻盈快捷。此时正值发情期，小母马四蹄乱跳，尾巴乱甩，情绪异常兴奋。

在强烈的诱惑之下，黑虎的情绪立刻兴奋起来，它自信满满，撒腿就跑了过去。

可是，小母马刚刚被一匹种公马收留。于是，在贡格尔草原上，开始了争夺配偶的恶战。这是马家族中的"抢婚"。

两匹犹如雄狮一样的公马，怒发冲天，各施毒招，刨、踢、咬，招招致命。

马蹄对打声、愤怒的嘶鸣声、牙齿碰撞声，在草原上回响。

五

黑虎站在辽阔的贡格尔草原上，那匹抢来的小母马依偎在它的身边。

远处，它的属民在悠闲地吃草。

黑虎扬起头，嗅到了远方青草和河水的气息。这是它引领马群的方向和目标。

它的眼睛炯炯发光，耳朵在脑门上高高地耸立着，随时倾听着四周的动静。

它知道，被它打败的那些公马还在，它们会养好伤，养精蓄锐，伺机再来。

还有狼群，那些隐匿在暗处的敌人。

可是，蒙古马生于蒙古高原，就与高原生死相许，一生挺直脊梁向着远方。鬃毛在狂风中飘逸，头向苍天昂起。草原的夜里，腾空的马蹄还在驰骋不停。

黑虎感觉累了。但是，刮过耳畔的风中，隐隐传来铿锵的马蹄声……

踏踏蹄声

孤独的母马

一

春天是一年中最难放牧的季节。母畜大多会在这时生羔下崽，啃了一冬枯草，再加上哺乳期体内营养大量消耗，全身瘦得只剩下皮包骨头。小的小，弱的弱，丝毫没有抵御外敌的能力。每年这个时节，生马驹的母马经常会受到狼的攻击，为保护小马驹，巴图都会没日没夜地跟群放牧。

今天有点特别，小孙子要回来了。

巴图一想起小家伙肉嘟嘟的模样，心里就痒痒的。今天，他要烤只全羊招待儿子一家，顺便叫上山那边的亲家。想到这里，巴图抖抖身上的草屑，骑上马，准备回家。走出老远了，他还是有点担心，不停地回头张望。

离他不远处有一匹纯白色的母马，鬃毛整齐，毛发锃亮，肚子圆鼓鼓的，应该是接近临产期了。它神态很安详，一会儿低头吃草，一会儿抬起头静静向远方凝望；有时也会回转身伸出舌头，舔舔自己的肚子，满目柔情，仿佛在期盼着什么。

尽管春天到来了，天气依旧很寒冷，吃了一冬天的枯草，马群为找到更多的青草，拼命地往前奔跑着。巴图担心这匹母马行动迟缓掉队，从而遭遇嗜血成性的狼。

狼凶恶狡诈，跟踪堵截，经常在动物出没的地点长久守候，饿急了还会铤而走险，去袭击有人看守的畜群。狼一旦得逞，就会卷土重来，直到受了伤，或者被人和狗赶走为止。

狼不仅是牲畜的死敌，还喜欢吃人肉。听老辈人讲，有人曾经见过狼群跟随行进的军队，到达战场，将胡乱埋葬的尸体扒出来，大吃大嚼。正是这种吃人的狼，饿到了极点，就会不顾一切，潜入村庄，疯狂地攻击妇女和儿童，甚至扑向成年男子。

为了填饱肚子，狼什么都吃，诸如腐肉、骨头、兽毛，无不可以入口，因此它们常常呕吐，呼出的气味恶臭难闻。

草原上，弱小的马驹子、牛犊子、羊羔子，成了狼捕猎的首选目标。

马群每次走到草高或是地形复杂的地方，狼就像壁虎一样贴着地面爬行，不时小心翼翼地抬头窥视，用鼻子和耳朵就能知道猎物在什么地方。母马经常小声呼唤马驹子，狼能仅凭着母马的声音，就判断出马驹子所在的大致方位，然后慢慢靠近。

狼趁儿马子或者母马不在马驹子身边的机会，猛扑上去，一口咬断马驹子的喉咙，然后迅速拖到隐蔽处，狼吞虎咽。如果被儿马子和母马发现，狼会急忙弃尸逃跑，马群带不走死马驹子，最后也只好伤心离去，躲在不远处的狼会重新返回。

还有的狼特别狡猾，会诱骗小马驹。

狼发现了马群的外围有一匹小马驹子，但身边有母马看护，这时狼就会悄悄地爬过去，躲到附近的草丛里，然后仰面朝天，把上半身藏在草丛里，然后把四条爪子伸出来，轻轻摇晃。小马驹子出生不久，好奇心特强，从远处看到晃动的狼爪，像野兔的长耳朵，又像探头探脑的大黄鼠。见到比自己小的活物，小马驹子就想跑过去看个究竟，结果就丧命了。

在自然界，保护幼子是动物的本能。马本身就是警惕性高的动物，生了小马驹子的母马则表现得更为突出。母马也像人类的母亲一样，对自己的马驹子极尽呵护。除了对周边环境保持高度警惕外，它们还会小心翼翼地把幼驹保护起来，不允许它们受到一丝一毫的伤害。一些母性较强的母马，有时误会主人要夺走和伤害自己的宝宝，会毫不客气地对人发起攻击。

当狼袭击小马驹子时，母马会竭尽全力保护，甚至不惜以死相拼。

二

几场急雨过后，草原疯长的绿连天涌来，一望无际。

太阳升起来了，炽热的阳光一览无余地倾洒在草原上，燥热的空气开始

在蒸腾的水汽里发酵酝酿。母马张大鼻孔，肚子一鼓一鼓的，突然，它肚子痉挛着，趴在草地上，浑身颤抖，很痛苦的样子。它喘息着，来回挪动着身子。

母马站起来，不顾分娩的痛苦，去追赶吃草的马群。

赶上后，母马又躺在地上，时而扬头时而低头，努力地使劲。看样子难产了。

它停一会儿再用力，试图将马驹顺利推出产道。累了，就稍稍休息，然后再继续……几番挣扎后，马驹顺利产下来，身上粘着很多黏液，母马打了几个趔趄，翻身站起来，慈爱地看着自己的孩子，从头到尾一遍一遍舔着马驹。

小马驹睁开眼睛，很快又闭上，它还不太适应这么强烈的阳光。母马舔完后，轻轻嗅着，小马驹似乎想站起来，伸长脖子努力把头抬起来，但是腿部还没有足够的力量支撑，打了几个晃又倒下。

母马不离左右，不停咴儿咴儿叫着，似乎在鼓励小马驹。小马驹再次挣扎着起来，前腿站立，后腿依旧拖在地上，趔趄几下，又倒在地上，闭着眼睛，晃着脑袋，喘息着。

草原忽然安静下来，天边又多了几朵悠闲的云彩。

因为生产时间过长，母马体力消耗过大，但是它坚持着，深情地舔着小马驹。小马驹眼睛微闭着，很安详。

大约半个时辰以后，小马驹再次站起来，这次它没有倒下去，哆嗦了几下便稳住了四蹄。它把头伸到母亲的肚皮底下，不停地嗅着，突然一口叼住母亲的奶头。母马动了几下，叉开后腿，给小马驹以最舒适的姿势。小马驹用力吮吸着。母马的目光追逐着小马，片刻不离。

马驹生下来后，大多要在母马的身边依偎几小时，待身上的毛全部干了以后，才会抖抖索索地站起来，躲藏在母马的身体下，露出两只惊恐不安的眼睛，好奇又胆怯地打量着这个陌生的世界。

刚出生的小马驹，四腿细长，身材匀称，瞪着两只蓝宝石般的眼睛，用一种挑战的眼神打量着四周的一切。

一匹老母马走了过来，母马警惕地抬起头，竖着耳朵，不时地朝老母马打着响鼻。

老母马不顾母马的反对，离它们越来越近。母马冲过来，使劲地跺着蹄子，用身子挡着老母马的去路。

小马驹一动不动地站在那里，疑惑地瞧着它们。

这时候，谁都不可以靠近它的小马驹，哪怕是"同族"也不行！

老母马无奈地转身走了。小马驹钻到母亲的肚下，一拱一拱地吃奶。

母马保持高度警惕，一动不动地盯着远去的老母马，直到它走得远远的，几乎看不到了。

可是，母马突然不安地长嘶起来。一匹孤狼出现了。

狼的眼睛、耳朵，尤其是鼻子，非常敏锐；狼要走出树林时，绝不会忘记先辨认风向；停在树林边上，朝四处嗅嗅，狼能嗅到活的动物，根据它们留下的痕迹，能够一路跟踪下去。尤其是腐烂的尸体或者血腥的气味，通过风，从十多千米之外，就能把狼吸引过去。

母马分娩的味道，引来了孤狼。

母马警觉地竖起耳朵，不安地在小马驹身旁来回走动。小马驹还没意识到危险，安静地卧在草地上。

孤狼鬼鬼祟祟，试图对小马驹不轨。母马用自己的身体挡住它，不让它接近小马驹。孤狼躲开母马，绕过来，跳过去，伺机下手。

母马很生气，快速地跑过去，张开大口向狼的头部咬去。

孤狼吓坏了，狡猾地躲开了。

母马赶紧跑回小马驹的身边，嗅着小马驹，焦躁不安地打着响鼻，似乎告诉小马驹面临的危险，教它保护好自己。它知道，狼不会这么轻易走开，只是佯装被吓跑而让自己放松警惕，或者找援手去了，或者……

就在不远处，孤狼静卧着。突然，像攒足了劲儿一般，它身体向后一顿，腾空跃起，孤注一掷向母马扑了过来。母马早已准备好应战。它一声长嘶，掉转马头，屁股朝向孤狼，后腿高高抬起，狠狠地踢在孤狼的肚子上。

孤狼被高高地踢到空中，重重地落在了地上。

母马再也不敢离开小马驹了，围着它不停地奔跑，不停地刨蹶子，鬃毛上淌着汗滴。

母马的前胸流着血。

小马驹惊恐万分，晃晃悠悠藏在母亲的肚皮下，迈出两三步，又一个趔趄倒在草丛里。

大风刮过，草尖朝着一个方向歪斜，母马的鬃毛猎猎扬起。

孤狼又站了起来，左冲右突，没等受伤的母马转过身来，迅速从母马的屁股后蹿过去。

小马驹睁大惊恐的眼睛，不明白发生了什么，只是本能地、跌跌撞撞地向前跑了两步，就被孤狼一口咬住了脖子，一头栽倒在地上。

母马疯了一样，冲到小马驹的身旁，掉转身，抬起两条后腿，再次踢中了还没有来得及松开嘴的孤狼。

孤狼在空中翻了几个跟头，跌落在地上。孤狼仍舍不得离开，它知道它"得手"了。小马驹即使不死，也活不了多久，就这样放弃太可惜了，它一步三回头地搜寻着小马驹……

母马跑到小马驹的身旁，不停地用嘴拱着小马驹，用腿把它往身子底下拨，想让它爬起来继续吃奶。它围着小马驹不停地转，前蹄刨地，但小马驹终究没能站起来。

厮杀看似漫长，其实不过短短两三分钟。听到响动的公马带着马群冲过来的时候，现场早已恢复了平静。

阳光下的草原静极了，没有一丝风，没有了母马的咴儿咴儿声，没有了小马驹吮奶的声音。失去马驹的母马眼眶里蓄满了泪水，一动不动地站在烈日下，像一尊没有生命的雕塑。

三

傍晚，丘陵驮着夕阳渐渐下山。巴图骑着马，怀里抱着孙子，疾驰而来。

一切都晚了。

悲伤的巴图试了几次，想把母马赶回马群，母马站在死去的小马驹跟前，死也不肯离开。

巴图只好用套马杆把母马套住，用缰绳把它带走。

母马一边走一边回头望。

小马驹被巴图埋在了荒野上。

巴图身后的两只狗，突然蹿向森林里。接着传来一阵撕咬声。巴图走到近前，被眼前发生的事情惊呆了，两条狗正在撕咬两只小狼崽。就在它俩不远处，躺着一只死去的母狼。它的肚子已经破裂，肠子流了出来。

它就是咬死小马驹，被母马踢伤的那只狼。

原来它是一只母狼，它疯狂地捕食猎物，是因为它正在哺育小狼崽；它身负重伤，跑回小狼崽身边，最后一次尽母亲的职责。

让巴图意想不到的事情出现了，那匹被带入马群的母马发疯似的冲进森林，冲向小狼，旋风般抬起前蹄，整个身子立了起来，就在巴图以为小狼必死无疑之际，不可思议的是，随着一声悲鸣，母马却原地转了半个圈，前蹄重重地踏进了土里。

四

母马一次次跑离马群，一次次来到埋葬小马驹的地方。

公马一次次向母马示爱。可是得到的是母马的坚决拒绝。公马用牙咬，抬腿踢，用尽各种暴力手段，母马丝毫不为所动。

一场大雪下了起来，纷纷扬扬，覆盖了广袤的原野。

母马仍旧孤零零地站在荒野上。

此后，无论在哪里，无论季节如何变换，母马总能找到埋葬小马驹的地方。

小黑马的使命

一

小黑马隐隐地感到某种不安。

春天的风里带着热量，轻轻一吹，把盖在草原上面的硬壳子雪吹化了；春天的风带着颜色，土层下的草刚一冒头，就被风染绿了。初时，草色遥看近却无。不几天，就轰轰烈烈，无边的绿泛滥成灾，铺天盖地，整个草原变成了绿色的海。

风里还带着一种气息，一种杀伐的气息。草原上，一群马正在悠闲地吃草，突然，小黑马躁动不安，引颈长鸣，它从风中闻到了血腥味。

草原上的牧民每到这个季节，都会骟马、打马鬃、烙马印。小黑马今年四岁了，发育得快，像它这样有潜力成为种公马的，在这个季节里，经常会面临两种命运：一种是留作种公马；一种是被阉割，成为牧民骑乘的骟马。

在草原上的马群里，一眼就能认出种公马，因为种公马高出其他马，而且有长长的、飘舞的马鬃，一直拖到地上。小黑马希望自己像父亲——那匹草原上著名的枣红色种公马那样，身材雄武，气概不凡，在行进中，在休憩中，或开路，或断后，保护、统领着自己的家族。

牧民给蒙古马打鬃，种公马总是不剪的，因为剪马鬃的时候，需要把马套住按倒，种公马是非常难套的，套住了也很难按倒。人们也不想按倒种公马，种公马一旦被按倒，就会挫伤它们的威风，影响它们日后管理马群的信心，削减与恶狼搏斗的勇气和斗志。牧民也爱惜种公马那些随风飘舞的鬃毛，威风凛凛，能给狼等各种天敌带来雄狮般的震慑力。冲天而起的鬃毛，狼一照面，就惧了三分。

小黑马明显地感觉到，父亲最近对他态度恶劣，群里的几匹像它们这样岁数的小公马、小母马都被父亲咬跑了。

随着儿女的性成熟，种公马对儿女开始了无情的驱逐。

马通人性，如果马有一天会说话了，牧民都不会惊奇。马有其他动物少有的节操，绝对不会跟自己的儿女交配，牧民称马为"义畜"。在一匹种公马管理的马群里，一般二三十匹马组成一个家庭，小母马长大了就会被父亲赶到没有血缘关系的马群中，成为那个家庭的成员，就像女孩出嫁了一样。但是现在的马群太少了，还有了围栏，小母马没地方可去，只能跟着自己的马群，一次次被父亲咬出来，只能无奈地继续跟着，太可怜了……小公马如果不被主人骟掉，也会被父亲赶走，在草原上四处流浪，成为无家可归的流浪马，优秀的小公马会夺取其他马群种公马的王位，成为新马群的种公马。

年轻牧人乌恩巴雅尔总会说起一个故事。大兴安岭脚下，有一个小村庄，有一匹矫健漂亮的母马，村里人想找一匹公马配种，但都不理想。人们最后想到了母马所生的子马，强壮高大。但是人们知道，马是拒绝近亲交配繁殖的。于是，恶作剧的人们用黑布罩住了马的眼睛，然后把子马拉到母马跟前。事后，在百米之外，刚刚取掉了眼罩的子马回头一看，突然仰天长啸一声，挣断了缰绳，拼命奔向远处的悬崖，义无反顾地跳了下去……人们惊呆了，等到回过神来，母马也是大声嘶鸣，朝着相反的方向狂奔而去，同样纵身一跳！

小黑马性情倔烈，不甘心被牧民骑，牧民的坐骑主要是母马和骟马。有多少次，草原上六七个小伙子，挥着套马杆，追它。它奔跑着穿过马群，马鬃飘扬，一旦被套住，就立刻把头向天空高高扬起，鼻孔大得吓人，一鼓一鼓，呼哧呼哧地喷着气，不让人接近。人一过去，它就乱蹦乱跳，乱转圈，根本就没办法给它戴上笼头。要么，它就咬着套马杆向前跑，拼命挣脱，后面的牧马人被它拉着，跑出老远，最后都是摔个大跟头，无可奈何撒了手。小黑马抢走了好几个套马杆。

套马是一项游戏。马一旦被套住，牧马人就把套马杆一拧，把马脖子勒住，然后迅速翻身上马，压这匹生个子马。这种驯马方式不像西方人那样温和，要事先和马熟悉，培养几天感情，在骑之前，还要先把鞍子放在马背上，让马背上一天，适应有鞍子的感觉。蒙古人驯马的方法，简单又直接，谁能把马压住，谁就是英雄，马也会很快服从压住他的人。从此，这匹马就和这个人，开始生死之交一样的情谊。

小黑马有良好的出身，父母优秀，耐力好，速度快；长得高大漂亮，骨相俊美，肌肉发达匀称；毛色纯正，油光发亮。它的愿望是做一匹种公马，它想要引领马群在草原上尽情驰骋。但是父亲不给它这个机会，父亲的态度越来越恶劣了，见到它不是踢就是咬，气势汹汹，一改往日的慈爱和呵护。

但是，小黑马还是决定留下来。它一次次被父亲咬走，又一次次地回来。可是，一年一度的骟马开始了。

这次，如果被套住，绝对不是简单被骑。被骟，意味着什么？心知肚明的小黑马再次成功脱逃。它毫不犹豫地奔向了茫茫草原！

二

三年后。

小黑马再次出现在草原上，它已经成为一匹威风凛凛、神采奕奕的公马。没有人知道它都去了哪里，经历了怎样的雨夜霜晨、雷鸣电闪、狼群追袭。人们看到的小黑马神态坚定、雄性十足、精力旺盛，它再也不是那匹青涩幼稚、懵懂无知的小公马了。

小黑马的身边，还跟着一匹黄色的公马。两年来，两匹同样被驱逐出来的公马，邂逅在草原上，同病相怜的经历让它们立刻变得形影不离，一起吃草、一起喝水。休息时，它俩将头倚在一起，为彼此咬背搔痒；如果一方离开视线，另一方就焦躁地嘶鸣。遇到危险，它俩就屁股相对，马头向外，随时准备应敌。

吃饱的时候，两匹马在一起，常常互相追逐、踢、咬，这并不是打架，而是在玩乐。在玩乐中学习沟通与相处的技巧，对小马的成长非常重要。

随着身体的日渐强壮，两匹马重返草原，寻找与种公马一战而胜，成为种马的机会。

三年的历练让小黑马懂得了老公马当年为什么将它咬走，这是一个父亲为了优化种群所做出的巨大的情感牺牲。小黑马也感谢主人没有挑选它成为种公马的候选马。经过牧民精心挑选被留作种公马的小公马，它们在相当长的时间里，日子都是很不好过的。它们将被极度边缘化，自己出生的马群不欢迎它，进入别的马群，同样也会遭到其他种公马的攻击。

奔跑的马群后往往会远远地跟着几匹小马，那就是境遇尴尬的小种公马。

小黑马则选择了另一种自己能够把握的命运。在三年多的时间里，它游荡在整个草原上，遇马群则战。在一次次残酷的战斗中，它迅速成长为一匹胆量大、速度快、脑子灵、性格凶猛的公马。

小黑马身体强壮无比，意志坚强不屈，完全具备了雄厚的争霸实力。它要到马群里去争夺自己的王国。

每一匹种马都会逐渐衰老，带领、保护马群的能力随之下降，新一代的小公马则会取而代之。无可避免地，双方要经过一场天昏地暗的生死搏斗，主宰交配权从来不会和平交接。即使战胜之后，小公马也还需要它具备保护这个马群的能力。否则，难免眼睁睁看着一匹匹母马被别的公马夺走。

每年繁殖季节，公马经常大动干戈，发生战争。独身的公马、麾下母马数量少的公马，常常到别的马群里去骚扰劫掠，试图扩大自己马群的阵容。而被侵扰的种公马，则会勇敢地迎上前去，不惜以死相搏，尽心尽力维护家族的完整。最凶猛、最强壮的种公马能抢到最多的小母马，而最弱、最胆小的公马，只能得到人家不要的小母马。最惨的公马，甚至连一匹母马也抢不着。

公马之间的战斗，是它们雄性的张扬。战胜的一方，将独占群里的母马，胜利者的基因将在马群里延续下去。

小黑马就是想让自己强悍优秀的基因，一代代传承下去。

一阵草原长风刮了过来，身边的小黄公马翘起了嘴唇。

马嗅觉发达、听觉灵敏，一旦有什么特殊情况，就能够快速而敏捷地做出反应。在很远的地方，公马就能感知到其他公马的存在。

远处，走过来一个庞大的马群。从马群数量来看，掌管这个马群的种公马，是一匹强壮的公马，百战不殆。

小黄公马冲上去，与对方的种公马一较高下。它要用自己的行动证明，只有最强壮的个体才能生存下来，才有能力支配并占有马群。每匹公马都必须展示自己的力量，用力量证明自己才是真正的统治者，让其他公马知道自己是不可战胜的。

一场激烈的拼杀在古老的草原上展开。

两匹公马冲到一起，各自昂起高高的马头，原地打转，对视着，鼻子里发出"呼噜噜"的示威声。老公马抬起前蹄，又狠狠地踏在地上，借以威慑对方。小黄公马毫不退却，大战瞬间爆发。两匹长鬃烈马嘶鸣着、咆哮着，四条前腿高高扬起互相攻击。小黄公马瞅准时机，冲过去用嘴咬老公马的肩膀，那是马最薄弱的区域。而老练狠毒的老公马忍住剧痛，突然调转身，飞起强劲的后腿猛踢。

马蹄最有力量，能踢碎孤狼坚硬的脑壳。小黄公马身负重伤，败下阵来。

小黄公马将脑袋放在小黑马的背上休息。

刚才的一场恶斗，丝毫没有动摇老公马的统治权。在公马的争夺战中，处于下风的马会暂时离开，躲到僻静的角落舔舐伤口，休养生息，但这并不等于战斗结束。也许过一刻钟，也许用不了一分钟，一场更加激烈、你死我活的搏斗又会开始……

三

小黑马是自由之子，今年 7 岁，处于一匹公马的黄金年龄。更重要的是，它是从流浪马群里杀出的种公马，为了能够喝上水，每天它会带领流浪马群，夜行四五十千米，凭自己的直觉，找到贡格尔河。为了寻找食物，为了对付天敌，为了争夺生存资源并有获胜的把握，为了应对重大自然灾害，它积累了丰富的荒野生存的经验和智慧。

这是三年的流浪生活赐予它的丰厚馈赠。

草原欣欣向荣，马群骚动不安。

小草从地里钻出，花儿朵朵绽放，和煦的春风吹拂公马的面庞，也撩乱了公马的情丝。在这个母马发情的季节，每一分、每一秒，都意味着生命的重组和基因的传承。这一切的前提，必须是最优秀的基因和最强壮的生命个体。这是大自然千百年来奉行的优胜劣汰的规则。

小黑马向老公马发出了挑战。

它抬起蹄子，张大鼻孔，向老公马发动了进攻。

它们立起来老高，用前蹄子互相猛击，用牙齿互相撕咬。它们踢对方的脑袋、脖子，都是致命的地方。一旦咬住对方就使劲地撕，毛肉撕下来，一撕一片，血淋淋的。

落地后，两匹马又互相撕咬对方的腿和腿裆里的命根子。

小黑马咬住了老公马的脖子。老公马疼痛难忍，抬不起头，几乎跪在了地上，它闻到了春天土地的气息，这气息，曾无数次激发了它的生命力，催促它在草原上咴儿咴儿长鸣。而今天，老公马再也找不到王者的威严了。小黑马不肯松嘴，咬得越来越紧了，疲惫的老公马要瘫在地上了。

要么服输，让出交配权；要么斗争，勇敢地面对死亡。生死关头，老公马不知道自己还能坚持多久。老公马不想再打下去，可是自从它成了种公马的那一天开始，它就别无选择，它知道它终会有这么一天，或战败，或战死，它深爱的妻妾们会成为后来者的新宠。多少年来，这样的战斗不知经历了多少次了，它一直在拼。除此之外，它还要和野狼周旋，要带领马群适应陌生的环境，还要配种繁育后代。别的马在进食，它却在护群……随着年龄的增长，现在的老公马体力越来越差，食量越来越少，越来越没有精神。它开始消瘦，萎靡不振，它开始力不从心了。

但是，蒙古马的血性，让它知道自己不能坐以待毙。

久经沙场的小黑马借老公马拼命挣扎之际，一口咬住了老公马肚子下边的生殖器，不容迟疑，身手敏捷的小黑马先发制人，一下子就撕开一个大口子，鲜红的血水汩汩地冒出来。

受到重创的老公马又踢又咬，拼命招架。它勉强从死亡线上挣脱了出来，无暇顾及自己的马群，落荒而逃。

小黑马领着刚刚争夺来的母马群，跑到一块自认为安全的地方采食：一方面是因为马群之间从不重叠采食，一方面是避免再次打斗。

一匹优秀的种公马，不仅要承担配种的任务，还要负责占领采食区域，担负整个群体的警戒安全。这种超强度的体能消耗，会让种公马显得力不从心，如果母马太多，性别比例差异过大，往往也会导致种公马替换频率过快。

通常情况下，胜利者能够与八匹或者九匹母马交配，这一数量在公马可承受范围之内，既能控制住母马，同时也可保存体力，赶跑其他竞争者。

战争结束了，茫茫草原变得格外宁静。

战败的老公马逃到了远方的草滩上，这是一堆烂草滩。土地泥泞，草叶萎靡，沾满了污渍，是马群不屑光顾的领地。不知是失败的耻辱，还是因为身体的严重透支，老公马孤独地低下头，郁郁寡欢。

牛马都有老迈的时候，苍鹰也有落地的一天。它是一匹被打败的种公马，失去了自己的家庭，身上的伤痕证明了刚才激战的惨烈。自从它成了种公马，就决定了它的命运。它必须为脚下的草原而战，为它的族群而战，为它的妻妾而战，为它的子孙后代而战，直到死！

现在它在不停地采食，它要积蓄力量，希望能再次夺回自己的家庭。除非它甘心孤零零地游荡在草原上，孤独死去。

天堂草原，是强者的游乐园、弱者的受难场。

四

曾经，草原上马匹多得布满山谷。草原上富有的人，马匹多得无法以匹来计量，而是"量论谷"，以"浩特格尔"（蒙语音译，山沟或洼地）和"套海"（蒙语音译，湾子）来计算马群的数量。"牲畜用沙坨来量，金银用盘子来装；母马的奶酒，溢如海洋；乳牛的奶汁，涌如大江……"

"没有马，草原经济便无法经营。"马是牧民富有的标志、草原繁荣兴旺的象征、畜牧业发展的基础。

蒙古人从古时流传下来一种数马的方式，就是数公马。公马是马群的首领，会照看、保护、管理马群，是牧人的一大帮手。只要公马在，马一个也丢不了，所以牧民只要远远地数一数自己的公马，就知道马群是否安好。

牧人称呼马群，必以公马的名字称之，如"枣骝公马的马群""黄骠银鬃马的马群"；统计马匹的数量，也以公马的数量进行统计，如"十匹公马的马群"。

年轻的牧人乌恩巴雅尔因为有了小黑马，他的马群被称为"黑公马的马群"。

小黑马一上任，就已经开始正式行使种公马的职责了，把马群看管得铁桶一般。它防外来的公马，还防陌生人，除了主人乌恩巴雅尔，谁也甭想靠近马群。为了护群，它都踢坏咬伤好几个人了。

蒙古人选种公马，起初会选几匹特别活跃的小公马，看它们哪一匹掐仗最厉害，然后几个小伙子拿着套马杆围堵它们，看哪一个能够逃脱。小黑马自从夺得了马群的头马权，把别的公马咬得望风而逃，还一阵风似的追出老远。

小黑马夺得了马群的支配权后，乌恩巴雅尔给小黑马举行了颂祝仪式，他把鲜奶抹在小黑马的口鼻、额头、马鬃等地方，唱诗般地祝颂道：

它一撒欢儿跑跳，

仿佛万马奔腾；

它一昂首嘶鸣，

仿佛万马的回声。

这匹良骏宝驹，

这宝贵完整之躯，

受过皮肉之苦，

成为千群之首、万群之冠、马中之王……

五

风开始冷了。不知道从什么时候起，草原上的草开始萎靡不振，蔫蔫的，像霜打了一样。草原上姹紫嫣红的花全都凋谢了，仿佛草啊，花呀，最能感觉到风里的温度。

马上就要冬天了，似乎草原上的冬天来得更早一些。

春天的风，就像母亲的手，暖暖的，抚摩过去，草一下子就绿了，花一下子就绽开了。秋天的风却仿佛带着刀子，吹过去，山一下子变瘦了，水在一夜间变寒了。

下雪了。纷纷扬扬的初雪，把草原都笼罩了。

雪大概在半夜时停了。早上，太阳刚升起，处处都有刺眼的光芒。

小黑马的身上凝着一层雪，太阳一出，雪化了，汗热气腾腾地，氤氲了长长的鬃毛。

小黑马扬着头，望着远处的一座雪峰。山顶覆盖的雪，像凝固的白云。

在坦荡如砥的贡格尔草原上，在达里诺尔湖的北岸，砧子山异峰突起，在一场初春的大雪后显得更为独立冷峻。

小黑马望着砧子山，很长时间一动不动。在一场雪后，它似乎对这座雪峰凝望得更为专注了。

砧子山为达里诺尔湖的岛屿之一，湖水的冲刷使山体呈圆柱形，至今仍留着湖蚀崖和湖蚀龛等被湖水冲刷的痕迹。据说康熙征北时路过此地，曾经在此打鱼晒网。岩石峭壁上，有古人留下来的栩栩如生的岩画，身披盔甲的勇士骑着马，造型独特生动的母鹿、虎……这是贡格尔草原古代游牧民族所创造的草原文化。

站在砧子山的山顶，远望广袤的贡格尔草原，蔚蓝的天空、洁白的云朵、碧绿的草原、湛蓝的湖水……成群的牛羊在山前悠闲地吃着草，吃累了就趴在草地上，看不见牧人在哪里。

也许小黑马在想，岩画中那匹驮着全身盔甲的勇士的战马，是不是就是它的祖先？

"每天望一眼山，心便会和山一样高。"一匹马不知道这句谚语，但它也会为晶莹的雪峰所折服。

小黑马的眸子里，湿湿的，润润的。

蚂蚱从草丛中跳出来，早晨的露珠挂在花叶上，晶莹剔透，就像花瓣的眼睛。

白马

一

当我被一阵马叫声惊醒的时候，屋地上站着一个人，他是买马归来的阿爸。

阿爸是什么时候离家的，我已经记不清楚了。有一天，我突然发现阿爸不在家，额吉告诉我，阿爸去贡格尔草原买马了。这时候，贪玩的我才猛然发现，阿爸已经走了好几天了。

额吉说，要去买匹蒙古马回来。

我家马上就要有一匹马了！想到这里，我想起邻居潮洛蒙，他家也有一匹马。一次我俩打架，我逼着他还我送给他的水果糖。这把他难为坏了，他家只有白糖，我坚决说不行，必须还我水果糖，而且还是粉色的糖纸包裹的那种。潮洛蒙咧开大嘴哭了，哭声招来了他的二叔，问明原因后，他二叔骂他们，你们哥俩还打不过他一个吗？白白地任他这么欺负？

潮洛蒙和他兄弟当然打不过我，嘎查里的同龄男孩有 10 多个，他们都尝过我拳头的厉害。

从那后，潮洛蒙和我彻底恼了，他再也不让我骑他家的马了。每当在回家的路上，潮洛蒙骑着马，路过我身边的时候，总会故意抽马几鞭子，马蹄扬起一阵烟尘，把我丢得远远的。

会是一匹怎么样的蒙古马呢？

一阵"咻儿咻儿"的马叫声再次传进屋，我光着脚丫跑出去。毡房外的马桩上，拴着一匹白色的马。

马的全身都是白的，一根杂毛都没有。我第一次看到这么白的马，雪白雪白的，就像冬天盖在山上的雪。我有点担心，冬天下了雪，这匹马可能会融进雪野里，要靠感知雪的温度才能找到它。

我高兴极了，因为潮洛蒙家的马是灰青色的。我家的马比他家的好看。

只不过这匹白马个头虽大，却显得有些瘦，甚至马的胯骨瘦得都突出来了。马腿上的骨节也粗大。

有骨头就不怕没肉，额吉好像看出了我的心思。

阿爸高兴地说，这马怀揣着驹，过了年，就会生一匹小白马出来。

这时，我才发现这匹白马肚子大得出奇，就像一只大肚子蝈蝈。

这匹大肚子白马仰着头，高声地叫着，不时地瞅着我们一家。

我好奇地凑过去，白马扭过头，警觉地看着我，摇晃着脑袋，不安地转着身子，还不时朝我打响鼻。

我试图接近白马，走近了，它不安地掉过身子，把屁股对着我。白马的后蹄交替着在地上"啪啪"地踏着，我知道，再往前走一步，那对钉着铁掌的蹄子就会毫不犹豫地踢过来……

我被吓住了。小时候我曾被马踢过。

一天，有个媒人骑着马来我家，为大哥介绍媳妇。媒人把马拴在了大门外，淘气的我领上弟弟、妹妹，趁大人不注意，跑出去薅马尾，那匹马尥了一蹶子，我就一下子昏在地上，什么也不知道了。

我醒来时，额吉眼里含泪，说："差点要了我儿子的命。"

弟弟趴在炕沿上，一看我睁开眼，马上咧开嘴笑了。

我被踢昏后，他一直趴在炕沿上目不转睛地瞅着我。

弟弟看我醒过来，比画着小手，兴奋地说："哥，马一蹶子，你就立马飞了起来，啪唧一下落在地上了。"弟弟说"啪唧"的时候，小手还配合着往下面狠狠地按了一下。

我也咧开嘴笑了。为了表示我没事，我一骨碌翻过身，想爬起来，结果"哎哟"了一声，马上又趴在了炕上，身上疼痛难忍。

我一连躺了好几天。

二

"你可以摸摸它……"有一天，阿爸一只手牵着马缰绳，一只手拍着白马的脖子，笑着鼓励我。

我还是怯怯地，站在离马很远的地方，努力地伸出手，摸了摸马的前额。白马十分温驯，只是摇了一下头，耳朵还配合地摆动了几下。我又摸了一下、两下……白马还是摇摇头，甩甩尾巴……不一会儿，我就敢摸它的脖子、耳朵，用手捋它的鬃毛了。

白马眼睛偶尔瞅我一下，那么温润，好像里面浮着一层湿漉漉的水汽，像极了一个温顺听话的女人。

我摸了一下白马的鼻子，突然它的嘴唇向外翻开，张开嘴，伸出舌头，马上有一团热气扑到我的手背上。我吓坏了，慌忙缩回手，跳得老远，以为它要咬我。其实，是我不小心把手指捅到马的鼻孔里了。

阿爸哈哈大笑，拍了拍马背，说："马通人情，它就差说话了……"

可是我固执地认为，马是会说话的。

阿爸每次往马槽里填草，白马站在马厩里，扬着头，朝着厩外的阿爸"咴儿咴儿"地叫着。为了让白马胖起来，下驹奶水足，阿爸每天晚上都喂料。阿爸刚拿起料兜子，白马就在马厩里不停地走动着，朝外面"咴儿咴儿"地叫。还有阿爸从外面回来，路过马厩的时候，白马也叫，无论早晚。

这些在我看来，分明就是白马在"说话"。

阿爸为白马梳理着鬃毛说："你喜欢不喜欢它，它心里都知道……"

良马比君子，畜类也是人。这是中国人自古就有的仁爱观。这句话说的是一匹好马认定了自己的主人之后，就会一生一世在一起，永不分离！

三

白马又不见了。

沙尘暴停了几天了，还不见白马回来。

自从一开春，白马经常跑丢。它一不回来，我们弟兄几个就要漫山遍野地找，找到了，就在后面拼命地追，绕着大圈子，追到它的前面，围追堵截，把它"圈"回村子里。

常常是它在前面跑着，腾起一阵阵烟尘，我在后面摔倒了，叽里咕噜地爬起来，又接着追。

白马一次次跑丢，一次次地被追回来。

这一天晚上，羊群回来了，白马又没回来。

第二天吃完早饭，阿爸放下碗说，走，去找找……

阿爸，我，兄弟，三个人向不同的方向出发了。

尽管是春天，但依然很冷。

我吸了一下鼻子，沙尘暴刚过，空气有些混浊，满满的全是沙土的味道。

料峭的山风从棉袄的后身钻进来，冰冰凉凉的，打在瘦弱的后背上。棉袄是哥哥穿剩下的，十分肥大。

我解下鞭子，勒紧了宽松的棉袄。

我从嘎查的后山爬了上去，一边爬一边向四周张望。都没有。

这是我前几次找马的路。

山岇上，山风很硬，冷冷地抽在我的脸上，就像刀子割过一样。

一道道山，一道道坳。我累得气喘吁吁，筋疲力尽。

有马在山沟里、山坡上……黑色的、红色的，都不是我的白马。

我越走越远。远远地看到一个嘎查的上空飘起了炊烟，袅袅地，缠绕着，我仿佛闻到了饭香。

这个嘎查叫陈家沟。离我家有二十多千米，住着一些汉族人，下到半山腰，就是农田。去年夏天，我曾经拿着一个白色的纤维袋子，大老远地来摘过地里的豌豆板，回家烀着吃。

一想起香甜的烀豌豆，我更加饿得走不动了。

我一屁股坐在山岇上。

岇上的风更加凛冽。我蜷成一团，躲在一棵大杏树下面。

歇了一会儿，更觉得冷了。我收拢四肢，蜷成紧紧的一团。

有一丛报春花在我的脸旁不惧严寒地摇曳着，头上举着几簇蓝色的花朵。远望，山岇的阴坡里，有红红的山丹花在热烈地开着。我迷迷糊糊地想，白马不会是因为贪恋这些美景而忘了回家的路吧？

被冻醒时，有一只苍鹰在头顶上盘旋。我睁开眼睛，清冷的太阳斜斜地坠到了对面的山尖上。天黑了。

我惴惴不安地回到家，意外地发现白马拴在马厩里。

额吉说，阿爸在路上追上了白马。

弟弟说，阿爸把马追回来，用笼头拴在马桩上，举起鞭子要打，可是举起了好几次，都放下了。

最后，阿爸恨恨地把鞭子扔在地上。他蹲在马槽边，抱着头，剧烈地咳嗽起来。

阿爸有个老毛病，一着急，一生气，就会莫名其妙地咳嗽。

额吉说，老马识途，一到春天，被卖到外地的母马大都往它的老家跑，因为老家里有它们的儿女。

白马站在马槽边，浑身汗水淋漓，四蹄交替地踏着，头摇晃着，不甘心地四处张望。每次找回来都是这样。额吉说，它回老家的心太急切了！

额吉给白马盛了满满一料兜子马料，放到马槽上。白马扭头瞅了瞅额吉，闻了闻，打了一个响鼻，没吃。

白马的眼睛里湿湿的，像蒙了一层雾。

额吉流泪了。她在锅前一边盛菜，一边自言自语："等白马下了马驹，有了牵挂，它就不跑了。"

锅台上，昏黄的煤油灯被风吹着，一会儿明，一会儿暗。

我蹲在地上，守在饭桌旁，心中在暗暗地想，它的家里大片大片的草，谁都想着回去！咱这鬼地方，兔子不拉屎……

额吉端起她的那碗粥，走进马厩里。

天气冷了下来，白马身上挂满了白霜。

额吉摸着马头，心疼地说："吃点吧，以后别跑了，就算你跑回去，你也见不到你的儿女了！估计，也叫人买走了……"

额吉长叹了一声，紧接着，又不紧不慢地唠叨起来……

白马在额吉的自言自语中渐渐安静……

那天晚上，额吉没有吃饭。

我记得额吉曾经捡回一只被绑了腿、剪了翅膀的鸽子，给它松了绑，它已经不能飞了。渐渐地，鸽子和人熟悉了。额吉在扫地的时候，鸽子站在凳子上，脑袋随着扫帚来回地转。额吉说，来，让让……它就听话地飞到衣柜上。

鸽子的翅膀长大了，不知何时，飞走了……额吉说，要把这些动物当人养！

额吉说，每次有鸽群在她毡房上盘旋时，她都怀疑是那只养伤的鸽子飞回来看望她。

第二年开春，一匹青马驹在白马的身边撒着欢儿。

果然，白马没再跑丢。

四

青马驹已经一岁多了，长得快一人高了，但是身子纤细，比驴要小。

我要让它成为一匹骑马。

在牧区，像青马驹这样没被人骑过的马叫生个子。尤其是到了三岁的生个子，力气大，脾气最为倔烈，最难以驯服。

放寒假，我从学校回来，对弟弟说："走，骑马去！"

骑哪个马？弟弟不解。

好马都是骑出来的。我要把青马驹驯成一匹骑马。

白马和青马驹躲在一户人家的院墙处，避着风，晒着太阳。母子俩形影不离。

青马驹不让我骑。

我一次次尝试着抓住它。青马驹总是围着白马绕来绕去，不让我靠近。

我终于薅住了青马驹的鬃毛，一偏腿，骑了上去。青马驹驮着我绕着白马跑，还故意往墙上蹭，这小东西真够狡猾的，想把我蹭下来。

我的腿蹭到了墙上，出血了。

青马驹驮着我，绕来绕去。

突然，白马张开大嘴，在我的后背上狠狠地咬了一口。

我重重地摔在地上。

我忍着疼，从地上捡起一根长长的棍子，气急败坏地把白马打跑，把青马驹撵到覆盖着厚厚积雪的草原上。这样青马驹跑不快，我掉下来又不会有什么大碍。弟弟在前面抓着马鬃，我骑着，一圈，两圈……突然，前面闪出一道白白的影子，原来是被打跑了无数次的白马又跑回来了。它"咴儿咴儿"地向青马驹发出一声长叫，青马驹拼命地挣脱开弟弟，撒开四蹄，折身狂奔，我被再次掀翻在雪地上……

雪尘飞舞处，母子会合，白马围着青马驹转了一圈，母子俩相互依傍着，向远方狂奔而去。

白马长长的鬃毛迎着凛冽的寒风，在冬天的雪野里飘扬起来，形成了一幅美丽的画卷。

五

让阿爸对白马产生深厚感情的，是一次事故。

那时候，有的牧民也开始种田了。我家承包的边地沟梁，是一块三十多亩的山地。尽管地广薄收，但阿爸仍旧固执地年年耕种。秋天，从梁上拉麦下来，必须经过一条狭长而陡峭的山路，车重路陡，有时驾车的牛收不住蹄，就会狂奔而下，车毁牛伤，后果不堪设想。

这次与以往不同的是，驾车的牛旁，还套着已经对农活儿熟稔的白马。

夜间的一场秋雨，让本来陡峭的山路变得泥泞难行。一车湿漉漉的麦子，装在吱吱呀呀的牛车上，产生的强大惯性让车轮越来越快，车刹不住了，牛不情愿地撒开四蹄，车声隆隆，尘土顿起。起初阿爸紧贴着牛车跑，试图用他微弱的力量阻止一起即将到来的悲剧。最后阿爸还是滑倒了，在地上被拖行了数十米，车可以毁，麦子可以翻，可是拉车的牛、马是全家人的命，他手中紧紧地攥着牛缰绳。地上，阿爸睁着眼，在浓浓的烟尘中，看到了他头顶上牛马翻飞的四蹄，看到飞快转动的车轮几乎就要轧在他的身上。这回真的完了，阿爸绝望地闭上眼睛，他想起了早些年遭遇的那场车祸，虽幸免于难，却轧坏了尿道，时常小便堵塞，一次次的扩充手术，让他饱尝皮肉之苦。

突然，阿爸的身体轻了，脱离了地面，在空中飘了起来。阿爸想，去往天堂的路，人的肉身都是失去重量的。

额吉的哭喊声促使阿爸睁开了眼睛，拉麦的牛车翻在了山底的道下，牛挣脱了绳套，跑得远远的，浑身哆嗦着，身上、腿上，皮肉翻卷，血流了出来；而白马，站在阿爸的跟前。

额吉说，在生死之际，是白马叼住了阿爸的棉袄。

白马救了阿爸的命。

从此，阿爸与白马形影不离了。出工干活儿，阿爸都牵着白马，再累，也不骑；再气，也舍不得抽一鞭子。

春天，阿爸用清冽的井水饮马，从不让白马喝脏污的雪水；夏天，阿爸挥动着鞭子，驱赶白马身上的蚊虫；秋天，晚上割麦回家，佝偻的阿爸一手牵着白马，瘦弱的肩上背着一捆青草。这是白马的"夜餐"。阿爸说，马无夜草不肥。

每有空闲，阿爸就会用一把废弃的旧梳子，为白马梳毛。白马摇着尾巴，惬意地享受着特殊的待遇。一年四季，从春到夏，从秋到冬。

一年年就这样过去了。

白马的四蹄在小路上，天天都在踏响。

白马老了。它那快捷有力的四蹄逃脱不了衰老的脚步。

在远离嘎查的路上、山沟里，我时常遇见一堆一堆的马骨。马是累死的，还是老死的，我无从知晓。我曾经在一个大深沟里，看见了好多马的尸体。阿爸说，那是枪杀的，是得了传染病的马，疾病没有让它们熬到自然死亡。

白马老了，在它马生的暮年，还生了一个小马驹。

白马瘦骨嶙峋，奶水也少。小马驹先天营养不足，后天没有充足的奶水，毛色黯淡，瘦弱无力。

我回到家的时候，白马已经不吃草了。它瘦得骨架突出，肚子干瘪，眼睛无精打采地眯着，四蹄交替地抬起来，临风站着，一副摇摇欲坠的样子。

额吉把装有谷子的盆举到白马的眼前，它慢慢地嗅了嗅，舔了两口，就不吃了。我看见有谷子伴着白马嘴里的黏液，掉在了地上。

额吉含着眼泪，凄然地说："这回怕是真要不行了。"

我着急了。阿爸抱住白马的脖子，我掰开马嘴，发现它的牙齿残缺不全，有的已经掉了，留下了一个个褐色的洞。洞里塞满了乱草渣子，牙龈的四周全溃烂了，散发出一股股难闻的气味。

怪不得不吃草了。马老了，嚼不动草了，草把马的嘴扎烂了。

而我在专业学校里学的恰好是兽医。这会儿，派上用场了。

我让额吉烧开了水，把玉米面沏得稀稀的，我把一根长长的胶皮管，从白马的鼻孔里插进去，一直插到马的胃里。然后在管子的外头插上漏斗，把玉米糊糊灌到马的胃里去。天天如此。

这样的事儿，需要的是技术。如果灌不好，会把马当场灌死。

之后用双氧水给白马嘴里的伤口消毒。

春天来了，草青了。白马逃脱了被饿死的厄运。

可是第二年，我回家过春节，毡房的墙上，挂着一把长长的、白色的马鬃毛。

额吉说白马死了，一场无来由的病。临死前，邻居说它活不了了，捅一刀，还能吃肉。

阿爸却任由它死在马厩里，只留下一把马鬃毛，挂在墙上……

英雄与马

中国历史上有十大名马：赤兔马、乌骓马、绝影马、飒露紫、的卢马、特勒骠、黄骠马、盗骊、雪里红、爪黄飞电。这些马能被写进史书，青史留名，有人说是因为它们的主人是照亮历史星空的赫赫英雄，它们是沾了英雄之光而成为名马的，正所谓马以主人而名。但笔者不同意这种观点，英雄与马相得益彰，谁能说，主人不是因为马方能成为英雄。

关羽与赤兔马

有诗赞曰："奔腾千里荡尘埃，渡水登山紫雾开。掣断丝缰摇玉辔，火龙飞下九天来。"这说的就是历史上的第一名马——赤兔马。据说《相马经》是伯乐的作品。相马的第一步就是看马的头部，因为头部是马的品种、品质、体能、齿口最明显的外部表现。古人依据马的头部形状，形象地将马分为直头、兔头、凹头、半兔头等几种。《相马经》中有"得兔与狐，鸟与鱼，得此四物，毋相其余""欲得兔之头与其肩，欲得狐周草与其耳，与其肶，欲得鸟目与颈膺，欲得鱼之鳍与脊"等记载，说明在古代，兔形的头是好马的重要外在标准。从现代马的体质看，兔头的马，多是重型马，特点是身体强壮、力量大，也是马中最为高大的品种。从赤兔马的颜色看，当是枣骝色，也就是通常所说的红色。这种颜色正是现在中亚一带草原马的典型毛色。中亚一带，也就是古代所说的西域地区。

赤兔马虽列名马之首，却是几易其主，先是董卓为了策反吕布，将赤兔马赠给了吕布；后来曹操为了拉拢关羽，又将赤兔马送给了关羽。赤兔马两易其主，均是被人拿来用作交易，其命也哀矣！好在赤兔马得遇关羽，宝马遇良将，却也是适得其所，最终落得了一个好归宿。自从跟随关羽，赤兔马与青龙偃月刀相伴相依，形影不离，开始了自己盼望已久的光辉腾跃。它伴

着赤面长髯、凤目蚕眉的关羽，一路目睹着关羽斩颜良、诛文丑；挂印封金辞汉相，闯五关斩六将，千里走单骑；义释黄汉升；单刀赴会；水淹七军；刮骨疗毒。忠义慨然，震撼山河。文津留下了赤兔马的蹄印，五关和黄河渡口留下了赤兔马的骏影，长沙留下了赤兔马的嘶鸣，樊城留下了赤兔马的驰骋！

它闯过了一道道重关险隘，"咴儿咴儿"的嘶鸣回荡在落日映照下的大漠戈壁。

麦城被围多日，内无粮草，外无援兵，赤兔马已经三天没有进食了，它感觉到自己的力量在体内悄然而逝。

赤兔马老了，已不再有高高扬起的四蹄，也不再有金戈铁马的战场上迅疾如风的速度。它的眼睛里，满是对暮年将至的恐惧。它的主人，当年那个健硕青年亦显老态，现今，须发皆白的他正愁眉不展。

是夜，孤月高悬，群星惨淡，赤兔马驮着一代名将夜走临沮小路。这条偏僻山路可通西川，日后可重整兵马，重振河山。

关羽不惧小路上的埋伏。他不屑如此蝇营狗苟的营生，他有赤兔马、青龙偃月刀，此时，他胸中有视死如归的豪迈。

已过四更。前方喊声大震，火光又起，关羽又抡刀打退一股伏兵。一个个士兵倒下去，身后的随行仅有十余人了……

赤兔马驮着关羽，在前开路，冲进了一条两侧皆是芦苇败草、树木丛杂的小路，突然，一道绊马铁索拉了起来，赤兔马轻松地越过。第二道、第三道……赤兔马已经达到了作为一匹马的极限，为了主人能够脱险，它在竭尽全力，拼死一搏。

第六道，赤兔马恍然感觉这是最后一关了，于是它长鸣一声，犹如龙吟虎啸，前蹄抬起，又过去了！可当它刚一落地的时候，最后那道绊马索起来了，赤兔马原本想再次发力，但就在这时，它感到天旋地转，但它知道自己绝不能倒下。它奋起神力，企图跃起，但是天上似乎有万钧之力在压着它，地上似乎有无数的绳索向下拉它，苍天已经不允许它再次奔腾了！

赤兔马在悲愤和痛苦中轰然倒地……

赤兔马被孙权赐给捉拿关羽有功的吴将马忠。

一日，马忠上表："赤兔马绝食数日，不久将亡。"孙权大惊，急宣江东名士伯喜为赤兔马看病。此人乃伯乐之后，精通马语。伯喜来到槽间，但见赤兔马蜷伏于地，瘦弱不堪，毛鬃凌乱，哀嘶不止。伯喜遣散众人，抚着赤兔马的脊背叹道："老骥伏枥，志在千里。烈士暮年，壮心不已。我深知你念关将军之恩义，欲从之于地下。然当日吕奉先白门楼殒命，亦未见你如此相依，为何今日这等轻生，岂不负昔日千里之志哉？"

赤兔马哀嘶一声，与伯喜诉说着这一生的过往和对关羽的留恋……

赤兔马泣下数行："我常闻不食周粟之伯夷、叔齐之高义。玉可碎而不可损其白，竹可破而不可毁其节。士为知己而死，人因诚信而存，我安肯食吴粟而苟活于世间？"言罢，伏地而亡。

伯喜放声痛哭，说："物犹如此，人何以堪？"后奏于孙权。权闻之亦泣："我不知云长将军诚信如此，今忠义之士为我所害，我有何面目见天下苍生？"

孙权传旨，将关羽父子并赤兔马厚葬。

项羽与乌骓马

名马中位列第二的乌骓马就是凭其为西楚霸王项羽的坐骑而被司马迁写进《史记》，被班固写进《汉书》，并为后人津津乐道的。

《史记·项羽本纪》记载：项羽有"骏马名骓，常骑之"。字虽不多，但分量足够。不仅司马迁提到乌骓马，项羽在《垓下歌》中也写道："力拔山兮气盖世，时不利兮骓不逝。骓不逝兮可奈何，虞兮虞兮奈若何！"

乌骓马属于我国最优良军用马种的河曲马系列，颜色以黑色、青色为主，项羽的坐骑是乌黑色，所以名叫乌骓。乌骓马本是河曲黑马的统称，如隋唐名将尉迟恭的坐骑名唤"抱月乌骓马"，《水浒传》中呼延灼的坐骑叫"踏雪乌骓马"，但是，自从西楚霸王项羽骑着乌骓马走进历史传奇后，乌骓马几乎成了项羽坐骑的专用名词。

此马在秦末时期号称天下第一骏马，通体如黑缎子一样油光发亮，唯有四蹄白得赛雪，故名"踢雪乌骓"。乌骓马背长腰短而平直，四肢关节筋腱发育壮实，以相马术论之，此马肯定力大威猛。据传这匹乌骓马是一匹野马，力大无比，野性难驯，被捕获后无人可以驾驭。其桀骜不驯的神骏烈性点燃了"力能扛鼎""气吞山河"的项羽的征服欲望。只见项羽不慌不忙翻身而上，乌骓马拼死挣扎，奋力腾跃，项羽忽然抱住一棵大树，意欲把马压在胯下让它动弹不得，不想那棵大树竟被连根拔起，这就是项羽"力拔山兮"的由来。

俗话说，一马服一夫。一匹马往往只服一个人。首次交手，项羽就感受到了乌骓马的爆发力和耐力！乌骓马也感受到了项羽的拔山之力，它被项羽的霸气威猛折服了，心甘情愿做了他的坐骑。

乌骓马成就了项羽的霸业，项羽成就了乌骓马的美名。乌骓马与项羽的相遇，是一段旷世奇缘。

项羽的身上具备了很多乌骓马的特质，二者具有很多共同点。

他们都有高大威猛的身形。据说，这匹四蹄长有白色绒毛的乌骓马，有两米多长，一吨多重，全身溢出一股逼人的力量和威势。在众多的演义和评书里，都称项羽的乌骓马是一匹鬼马，说它的力量世间罕见。而项羽的身高，《汉书·项籍传》里说他是"八尺二寸"，折合现在的尺寸，项羽身高应该是1.91米。从项羽所使用的武器来看，他的霸王枪，光枪杆子就有一丈两尺多长，据说有 129 斤。"霸王举鼎"的典故足以说明项羽的力气之大。项羽和项梁在楚地起兵，叔侄俩到处招兵买马，拉拢豪杰。一次，项羽去联络桓楚一起反秦。禹王庙里有一大鼎，当时号称重千斤。桓楚、英布、钟离昧等几个壮汉使出吃奶的力气，一起搬这个大鼎，大鼎像生了根似的，纹丝不动。项羽却一人将大鼎高高举起，而且三起三落，遂有"羽之神勇，千古无二"的美誉。桓楚等人当即答应跟随项羽征战。项羽如此勇猛，对乌骓马来说，除却项羽谁能驾驭？反过来，对项羽来说，也只有乌骓马能够与之相匹配了。

他们都是黑"皮肤"。乌骓马是乌黑的，项羽的肤色也是黝黑的。黑脸将军骑在高头黑马上，提一杆一丈多长的霸王枪奔腾杀来，谁人敢挡？

乌骓神骏，项羽雄才，皆是千里之志。"老骥伏枥，志在千里。"老马尚有千里之志，乌骓如此神骏，岂能甘心老死槽枥之间？乌骓马以张扬的野性名世，蹄音落在何处，何处就是它的战场，就是它的家乡。而项羽更是盖世英雄，有雄视天下之壮志。项羽年少时，读书不成；学剑术，也不成。叔父项梁大怒。项羽不屑地说："读书只不过自己记个姓名罢了，剑术也只是对付一个人，此二者皆为雕虫小技，我要学，则要学习抵御万人之术。"于是项梁以兵法教之。还有一件事可见项羽之志。秦始皇东游会稽郡，项梁和项羽看到了秦始皇的仪仗队。项羽说："彼可取而代也。"项梁急忙捂住他的嘴。"彼可取而代也"就是我可以取而代之。项羽选择秦始皇这个大腕儿作为自己的对手，可见项羽的志向！

乌骓驰骋疆场，项羽叱咤风云，同具无与伦比的奔腾之美。乌骓马雄壮、清朗，有生命之极美。项羽的体格也是雄壮、清朗的，同样有生命之极美。乌骓马豪迈而剽悍，鼻息如风，蹄声如雷，生来就有追风赶月的夙愿。它矫健的风姿风尘仆仆地跨越千年，奔放之美丝毫未减。它奔跑起来四蹄腾空，如风如电。高扬着骄傲的头颅，抖动着优美的鬃毛，不管前面有多少匹马，它也要风一样卷过去，留下一个悲壮巍峨的造型，那种奔腾之美是无与伦比的。而项羽一生驰骋疆场，叱咤风云，一生都在奔腾之中，同样具有无与伦比的奔腾之美。

乌骓有情，项王重义。乌骓马是有灵性的动物，非常重情义。乌骓马作为项羽的坐骑，跟随他南征北战，不知出了多少力，流了多少汗，留下多少伤，参加大小战斗几十次。项羽被刘邦打败后，自刎乌江。至于乌骓马的结局，《史记》《汉书》等史书都没有写到。明代钟山居士甄伟所著小说《西汉演义》里这样记述乌骓马的结局：项羽死前为报答乌江亭长的一片好心，把乌骓马献给了亭长，并请亭长把自己的马渡到江的对岸去，让马逃生。当亭长把马往船上牵时，忠于主人的宝马咆哮跳跃，回顾霸王，恋恋不欲上船。项羽见此情景也动情地哭了，但为了让自己的爱马逃生，项羽下令自己的士兵一起把马往亭长的船上拉，乌骓马还是不从，长嘶数声，向江心一跃，不知所往。从此，结束了项羽与乌骓马的人马奇缘。

乌骓马为什么死不上船，就是不想离开项羽，不想抛下自己的主人。这件事，成为后世诗家竞相歌咏的对象，比如，唐代诗人李贺的组诗《马诗》，其中第十首就是写乌骓马不愿渡江，不舍项羽，诗中写道："催榜渡乌江，神雅泣向风。君王今解剑，何处逐英雄？"在李贺看来，乌骓马舍不得项羽，在江风中哭泣挣扎。因为离开了项羽，再也找不到第二个英雄了，这既写了乌骓马的英姿，也写了项羽的英魂。

关于乌骓马的结局，还有很多版本。传说，安徽马鞍山也是由此得名：据说项羽在乌江边自杀后，乌骓马思念主人，长嘶不已，悲恸欲绝，在地上翻滚自残，马鞍掉落在地上，化为一山，马鞍山因此得名，有"江东第一山"的美誉。

乌骓马为主人而死，情深义重。郭沫若先生还专门写了一首七律无题诗来歌颂乌骓马，诗中写道："传闻有马号乌骓，负箭满身犹急驰。慷慨项王拖首后，不知遗革裹谁尸。"

和乌骓马一样，项羽也重情重义。项羽取得巨鹿之战的胜利，秦朝大将章邯投降，继而占领了秦朝首都咸阳，杀掉秦三世子婴，烧掉阿房宫后，项羽的势力达到了顶峰，开始分封诸侯。凡是曾经帮助过项羽的，都被项羽封为王。

据《汉书》记载，当时一共有二十一个人被项羽封为王。

项羽不仅在顺境时知恩图报，即使身处逆境，甚至是到了穷途末路的时候，也不忘报答别人，"情义"二字始终未忘。太史公马迁把项羽人生的最后一幕写得光照千古，荡气回肠。项羽被刘邦的军队追杀，逃到乌江边。乌江亭长正停船靠岸等在那里，对项王说："江东虽然小，但土地纵横各有一千里，民众有几十万，也足够称王啦。希望大王快快渡江。现在只有我这儿有船，汉军到了，没法渡过去。"项王笑了笑说："上天要亡我，我还渡乌江干什么！再说我和江东子弟八千人渡江西征，如今没有一个人回来，纵使江东父老兄弟怜爱我让我做王，我又有什么脸面去见他们？纵使他们不说什么，我难道心中没有愧吗？"又接着对亭长说，"我知道您是位忠厚长者，我骑着这匹马征战了五年，所向无敌，曾经日行千里，我不忍心杀掉它，把它送给您吧。"说完，项羽就跳下马，真的把乌骓马交给了亭长，并命令他的骑兵都下马步行，手持短兵器与追兵交战。光项羽一个人就杀掉汉军几百人，他自己身上也有十几处负伤。

项羽此举不仅是在报答亭长，实际上也报答了乌骓马。刘邦的骑兵有五千多人，项羽此时只有二十几个人，如果他骑马作战，乌骓马肯定会被射杀的。项羽不想让马陪他死去，这就是项羽对马的情义。

杜牧《题乌江亭》说："胜败兵家事不期，包羞忍耻是男儿。江东子弟多才俊，卷土重来未可知。"项羽一生有许多壮举，巨鹿之战大败章邯、彭城之战大败刘邦、咸阳之战杀掉秦王，而他最震撼人心的壮举，是他在乌江边拔剑自刎。战胜别人是容易的，战胜自己才是最难的。这是项羽的自我战胜、自我超越、自我升华。

马是英姿飒爽的，是最有灵性的，是勇敢、忠诚、雄伟的，也是悲壮的。每个男人的心里总有一匹烈马在驰骋着、咆哮着、奔腾着，所以男人的梦是宽阔无边的、野性的、不安分的，甚至带有杀伐之气，带着征服世界的凛然与狂傲！驰骋千山万水，饮马黄河长江，是每个男人的英雄梦！英雄与马的故事还有很多，比如，岳飞、赵云、霍去病……他们的英姿与豪气，马的灵性与赤诚，都将成就动人美好的故事，等待我们聆听、分享。

皇帝与马

每个普通人都有自己的兴趣爱好，中国古代的皇帝当然也不例外。从秦始皇创立皇帝制度开始，皇帝在很大程度上左右着社稷的前途、民族的命运。但是皇帝亦是血肉之躯，也像他的臣民一样有自己个人的爱好。比如，宋徽宗赵佶醉心于书法和绘画，并取得了巨大的成就。同样，李煜善于诗词，前期作品多以宫中的声色娱乐为题材，风格柔靡，技巧高超；后期多写亡国之痛，感情真挚，意境深远。唐僖宗李儇嗜好骑马、斗鸡和蹴鞠。明武宗朱厚照沉迷于后宫，爱好游玩射猎，曾自封为威武大将军。梁武帝、武则天、唐中宗都是忠实的佛教信徒。唐肃宗酷爱象棋……爱好五花八门，不一而足。

而有些皇帝尤其爱马，他们的一生与马产生了密切的联系。

唐太宗与马：打下大唐江山的"昭陵六骏"

唐太宗祖辈都是武将，加之其一生戎马倥偬，尤其嗜爱弓箭和良马。他的坐骑黄骢骠死了，伤心的唐太宗下令让乐工作《黄骢叠曲》来纪念。他的另一匹爱马无疾而亡，勃然大怒的太宗要把养马人斩首泄愤。

"昭陵六骏"是昭陵北麓祭坛两侧庑廊的六幅浮雕石刻。石刻中的"六骏"是唐太宗李世民曾经乘骑的六匹战马，象征着唐太宗所经历的最主要的六大战役，太宗死后，遵太宗遗愿，六骏被刻在了昭陵的庑廊上，伴随一代圣主长眠于此。这六骏分别为特勒骠、青骓、什伐赤、飒露紫、拳毛䯄、白蹄乌。

"特勒骠"：李世民在619年乘此马与宋金刚作战。在这一战役中，"特勒骠"载着李世民，曾一昼夜间急追二百多里，交战数十次。在雀鼠谷（今山西介休市西南）西原，一天连打八次硬仗，建立了功绩。这次追歼，李世民一连两天水米未进，三天人不解甲，马不卸鞍，勇猛冲入敌阵，一昼夜连战数十回合，打了八个硬仗。此马载着李世民驰骋汾晋，为收复大唐王业发祥地——

太原和河东失地，立下了战功。李世民赞之曰："应策腾空，承声半汉；入险摧敌，乘危济难。"

"青骓"：据文献记载，武牢关大战，李世民骑乘"青骓"马，率领一支精锐骑兵，直入窦建德军长达 20 里的军阵，左驰右掣，在牛口渚（今河南省汜水县西北 12.5 千米处）俘获了窦建德。一场大战下来，"青骓"马身中五箭，均在冲锋时被迎面射中，但多射在马身后部，由此可见骏马飞奔的速度之快。武牢关大捷，使唐朝初年的统一战争取得了决定性的胜利。李世民赞之曰："足轻电影，神发天机，策兹飞练，定我戎衣。"前三句形容马的矫捷轻快，后一句道出这一战役的关键性意义。

"什伐赤"：这是一匹来自波斯的红马，纯赤色，也是李世民在洛阳、虎牢关与王世充、窦建德作战时的坐骑。此马在战役中凌空飞奔，臀部中了五箭，其中一箭从后面射来，可以看出是在冲锋陷阵中受伤的。唐太宗赞语："瀍涧未静，斧钺伸威，朱汗骋足，青旌凯归。"在这一重大战役中，李世民出生入死，伤亡三匹战马，基本完成统一大业。

"飒露紫"：李世民与王世充在洛阳邙山的一次交战中，和随从将士失散，只有将军丘行恭一人紧随其后。突然，一条长堤横在面前，围追堵截的王世充骑兵又一箭射中战马"飒露紫"。在这危急关头，大将军丘行恭急转马头，向敌兵连射几箭，随即翻身下马，把自己的坐骑让与李世民，自己一手牵着受伤的"飒露紫"，一手持刀和李世民一起"巨跃大呼，斩数人，突阵而出，得入大军"。回到营地，丘行恭刚为"飒露紫"拔出胸前的箭，"飒露紫"就倒下去了。李世民为其题赞文曰："紫燕超跃，骨腾神骏，气詟三川，威凌八阵。"

"拳毛騧"：窦建德旧部范愿、高雅贤怀着复仇的目的，推刘黑闼为首领，在河北一带起兵反唐。他们打败了唐朝著名将领李勣，俘虏了勇猛过人的唐将薛万彻、薛万备。约半年时间，收复了窦建德原来在河北一带占据的大部分土地。武德四年（621）十二月，李世民又一次奉命出征。他采用坚壁挫锐、断粮筑堰的办法，逼迫刘黑闼率两万骑兵南渡洺水，与唐军殊死决战。这次战斗打得相当激烈，"拳毛騧"竟身中九箭（前中六箭，背中三箭），战死在两军阵前。唐太宗为之题赞："月精按辔，天驷横行。孤矢载戢，氛埃廓清。"

自这场战争后，唐王朝统一中国的大业便宣告完成了。

"白蹄乌"：618年，唐军初占关中，立足不稳。割据兰州、天水一带的薛举、薛仁杲父子便大举进攻，与唐军争夺关中。次年，唐高祖李渊封李世民为西讨元帅，出兵抗击。两军在高城（今陕西长武县北）一带相持了两个多月。十一月，薛军粮草不济，军心浮动，进退两难。李世民趁机以少量兵力在浅水塬诱敌，拖住薛军精锐罗侯部，然后出其不意，亲率劲旅直捣敌后。他催动"白蹄乌"身先士卒，衔尾猛追，一昼夜奔驰二百多里，把薛仁杲败军围定在折慧城内，扼守关口要道，迫使薛仁杲率残部开城投降。浅水塬大战奠定了唐王朝立足关陇的政治经济基础。唐太宗给"白蹄乌"题的赞语是："倚天长剑，追风骏足，耸辔平陇，回鞍定蜀。"

唐玄宗与马：舞马与唐王朝的盛衰

如其先祖太宗李世民一样，唐玄宗李隆基也喜欢马。不过，太宗喜欢的是战马，玄宗喜欢的则是舞马。

舞马，指马之能舞者，又称蹀马。

舞马及舞马艺术，主要来自西域一带。《文献通考·乐考·夷部乐》载，大宛"其国多善马，马汗血，其先天马种。其马有肉角数寸，或解人语言，及知音乐，其舞与鼓节相应。观马如此，其乐可知矣"。

1970年10月，西安市南郊何家村出土了"舞马衔杯仿皮囊式银壶"，壶两侧各塑造出一匹奋首鼓尾、翩然起舞的骏马，即舞马。舞马后腿蹲屈，昂首扬尾，正在作起舞状，颈间飘带高高飞扬，嘴中还衔着一只酒杯，专为皇帝祝寿，称"衔杯上寿"。现在的甘肃省天水市博物馆藏有陶制舞马，舞马无络头、缰带，也不戴嚼子，身披精致雕鞍，脖子上系一小铃铛。舞马左前足腾空弯曲，歪脖作态，咧嘴长嘶，自有一副惹人爱怜的仪态。

并不是所有的马都能成为舞马，宋人董逌在研究了前代《舞马图》之后总结说："其为马异于今者众矣，或角或距，朱尾白鬣。盖所用于舞者，其马果有异邪？"对于舞马，无论是体形还是毛色，都有特殊的要求，所以唐玄宗的舞马中，有许多是来自西域的汗血马。

宋人程大昌《考古编》中记载，舞马衔杯之戏始于中宗，但将舞马艺术发扬到令人咋舌的极致的，是玄宗。

唐玄宗与杨玉环的爱情成为千古绝唱，同样，唐玄宗亦因酷爱马舞而闻名于世。唐玄宗在位后期越发骄奢淫逸，纵情于声色犬马之中。于是那些高大清峻，仪表堂堂，秀外慧中，擅长表演，有极好的音乐感受能力，来自西域的血统纯正、精挑细选的骏马，仿佛是"文化使者"，来到当时世界最大、最繁华的都市——长安，跻身于杰出的乐师、歌手、优伶、百官以及各国使节之列，参加最富丽豪奢的盛会，得以一展自己的才艺。

据说唐玄宗与杨贵妃尤嗜爱马舞。宫中特设有男女马技队，饲养大量舞马。经过精心训练的马，在优美的音乐中可以闻乐起舞。每逢 8 月 5 日，唐玄宗为了祝贺自己的生日，都会在勤政楼前举行盛大的宴会，接受文武百官、外国使臣的朝贺，并以舞马助兴。马舞表演通宵达旦。马舞时，数名"乐工少年姿秀者十数人，衣黄衫、文玉带，立左右"，弹奏着《倾杯乐》《千秋万岁曲》等曲目，此时上百匹舞马穿着彩衣，珠玉满身，装扮华贵，随着音乐的节奏开始摆首、甩尾、奋蹄、屈身、进退、旋转，整齐划一，旖旎有态。曲终时，舞马会嘴衔金杯，向唐玄宗屈膝敬酒祝寿。不仅如此，舞马还能在大力士托起的榻上翩翩起舞、旋转如飞。本来桀骜不驯、身高体大的舞马，竟然能够与舞蹈的顿挫有致、杂技的惊险高难调和在一起，令人叹为观止。

唐代国力强大，疆域辽阔，马匹用量充足，在高宗朝曾达到七十万六千匹，但到了玄宗开元元年（713），仅剩下二十四万匹，直到开元十三年（725），才增至四十三万匹。玄宗精力充沛，精通艺术，擅长音律，喜爱一切新鲜、华美、优雅之物，有创造的兴致和才气，舞马艺术主要是在玄宗手里发扬光大的。参加过无数次宫廷华宴的薛曜，作《舞马篇》，极尽咏赞舞马，大意如下：舞马速度惊人，奔驰迅疾；身披彩衣，装饰华美。舞马随着鼓点起舞，如跳丸弄剑一样让人眼花缭乱。忽而小跑，忽而伫立不动；光彩耀目，气象非凡。舞马盘桓摇摆，又腾空跃起，溅得尘土飞扬；舞马姿态优美，就是惊飞的野鸭、盘旋的鸥鹭、高翔的凤鸟都不能相比。在馥郁的香风中，舞马昂首嘶鸣。珍稀异常的汗血马，本该是驰骋于沙场的战马，现在远道而来，却只成了歌舞升平的摆设，这真是让人哭笑不得。

安史之乱爆发后，叛军攻破长安，众多舞马被贩卖一空，几经辗转，被叛将田承嗣所得。田承嗣一生桀骜不驯、凶残成性。这样一个只知杀人的魔王，哪里知道这是娇贵难得的舞马，便将其当普通战马来奴役驱使。这些原本养尊处优的舞马，不久就被折磨得瘦骨嶙峋、奄奄一息了。

有一天，田承嗣在军中犒劳叛军，令人奏乐助兴。拴在一旁的舞马一听到熟悉的音乐，便条件反射一般随乐翩翩起舞。叛军官兵大惊失色，大呼这是中了邪的妖马，操起乱棍就打。这些舞马根据平时的训练习惯，认为这是主人责怪它们的舞蹈没有踩在节拍上，跳得更加卖力，以求更加整齐合拍。看马人吓坏了，跑去报告田承嗣。正在酒兴上的田承嗣一笑置之，说："还报告什么，赶快捶死不就行了？"于是众人棍棒齐加，一时马血飞溅，惨不忍睹。可怜那些舞马，跳得越起劲就被打得越厉害，而打得越厉害它们就越以为自己跳得还不够好，于是又跳得更加卖力。终于，一匹匹珍贵的舞马，纷纷血肉模糊地惨死于棍棒之下。在唐代达到巅峰的成熟绚丽的舞马艺术，随着舞马的零落惨死，从此在中原地区销声匿迹。

残阳余晖下，中唐诗人王建想起唐玄宗生日时盛大辉煌的马舞场面，无限悲伤地为舞马写下了一首凄凉的挽歌："飞龙老马曾教舞，闻著音声总举头。"

舞马的命运，成为大唐的缩影。一个开创伟业丰功的王朝，一个留下开元盛世、贞观神话的王朝，就这样在文恬武嬉、举国麻醉的状况下，葬送了大好河山，将万世功业都付与断碣残碑、苍烟落照。马嵬坡下，当众叛亲离的唐玄宗在风雨飘摇中独自徘徊时，是怎样一番懊悔的心境？

唐朝后来由马舞而衍生出各种马戏，其中就有马球比赛。上至皇帝，下至皇亲国戚、朝廷显贵，都酷爱马球比赛。马球比赛是唐代宫廷体育的主要内容。在当时，打马球不仅是一种富有挑战性的运动，更是一项带有浓厚军事色彩的运动。从1971年至1972年章怀太子李贤墓中发掘出土的《马球图》可以证明这一点。该图绘有二十多匹马，骑马者均穿各色窄袖袍，着黑靴、戴幞头，相互策马抢球。最精彩的画面为五人骑于马上，正在争打地上的球。图中人物身着两种颜色的服饰，左手执缰绳，右手执偃月形鞠杖，其中最左侧马匹前蹄腾跃而起，球手身体后仰，双手挥鞠杖，反身击球，人物与马匹的表现极富动感。这一瞬间映射出比赛的激烈程度，随后的四位朝马球奔驰而去。绘画者通过对人物姿态、动势的把握，将马球比赛中的速度与力度表现得十分到位。图中还表现出在崇山峻岭之间，两名骑手正风驰电掣般奔赴球场，前者着黑色幞头、白色圆领袍衫，骑黑色马匹，后者则穿绿色胡服，红领外翻，骑于棕色马上。全图疏密相间，错落有致，非常成功地呈现和谐的韵律之美。图中无论是人、马的细部描绘，还是山石古树的粗犷勾勒，都能给人古朴、典雅的美感。这幅图真实反映了唐代马球比赛的实况，为我们研究唐代马球运动提供了翔实的实物资料。

相传春秋战国时期，楚庄王非常喜爱马，他将自己宠爱的一匹马精心养护起来，给马穿上五种材料装饰而成的锦衣，并且将它养在富丽堂皇的房子里，还设置有帐幕的床给它睡觉，让它吃切好的蔬菜等。可是这匹养尊处优的马，竟然因过度肥胖而死亡。对此，楚庄王非常伤心，号啕大哭，以极高的规格将其埋葬。

汉武帝刘彻非常喜爱西域宝马，但奇货难求。他用纯金铸造了一匹与真马完全一样的汗血宝马，派人去大宛国换取真马，但大宛国王拒绝交易，留存金马，杀害来使。武帝怒而西征，派李广利将军率众远征，进抵大宛国都贵山城，所得的战利品就是名贵的"汗血马"。这种马毛色发红，出的汗在阳光下像鲜红的血，日行千里，也被称为"天马"。

还有许多皇帝与马的故事，由于篇幅的关系，在此不一一赘述。

汗血马的前世今生

　　中国人爱马，因为马是激情、奔放、吉祥、坚韧的象征。除此之外，在马的身上，还有与生俱来、超凡脱俗的勇武特征，以及无与伦比的重情重义、忠诚事主的精神气质。自古以来，都是好马配英雄。盖世英雄除了要有一把削铁如泥的宝剑之外，胯下还要有一匹日行千里的名马，才算绝配。

　　西楚霸王项羽胯下之马名唤"踢云乌骓"。此马通体皆黑，黑缎子一样，油光放亮，唯有四个马蹄子部位白得赛雪。乌骓马背长腰短而平直，四肢关节筋腱发育壮实。项羽兵败之日，自惭无颜见江东父老而不肯过乌江，自杀前却将爱马乌骓托付给亭长："吾骑此马五岁，所当无敌，尝一日行千里，不忍杀之，以赐公。"亭长带着它过江，但是忠于主人的乌骓自跳乌江而死，上演了一曲悲歌。项羽英雄一世，临终时为爱马安排生路，此马因此而名扬千古，被后人称为"天下第一骏马"。郭沫若曾有诗赞乌骓马："乌骓百战轻生死，踏裂敌颅当饮瓢。"可见乌骓之勇猛善战。

　　"人中吕布，马中赤兔"，赤兔马也一直是好马的代表。《三国志》上说："布有良马曰赤兔。"《三国演义》里的描述就更清楚了。赤兔马是董卓从西凉带来的宝马良驹。董卓为了拉拢吕布，就把这匹宝马送给了他。吕布得马后果然杀了主人丁原，投奔到董卓的门下，当了他的义子。后来，这匹马跟随吕布大展神威。但在白门楼，因为刘备的挑拨离间，曹操痛杀吕布，赤兔宝马就归了曹操。也是机缘巧合，关羽为了保护刘备的两位夫人暂时投靠了曹操。曹操十分爱惜关羽之才，也想仿效董卓"宝马赠英雄"，以达到拉拢腐蚀关羽的目的。但关羽终究不是吕布，他接受了赤兔，也是为了更快地找到刘备。从此以后，赤兔马和青龙偃月刀就成了关羽的代表形象。关羽败走麦城，被东吴杀害后，赤兔马又为马忠所得。可这次它不再顺从着跟随新主人，绝食而亡。

马是中华民族图腾之一。国人爱马，尤爱汗血宝马，喜其身形雄壮，爱其日行千里，更为其流汗如血下的传说深深着迷。时至今日，汗血之名被代代传唱，天马之形被世世铭刻。

据说赤兔马就是汗血宝马，史载汗血马"日行千里"，又名"大宛马""天马"。

在中国古代的文化传统里，汗血宝马代表着勇气和力量，蕴含着人们的理想和幻想，被人们称为"龙之友"和"龙之媒"。曾有不少文人墨客赋诗填词，撰写传奇故事来描写"汗血宝马"。唐代李白有《天马歌》："天马来出月支窟，背为虎文龙翼骨。嘶青云，振绿发，兰筋权奇走灭没。"宋代司马光也有《天马歌》："大宛汗血古共知，青海龙种骨更奇。网丝旧画昔尝见，不意人间今见之。"

汗血马是世界上最神秘的马匹，属热血马，产地为北部欧亚大陆，具有无穷的持久力和耐力，是长距离的骑乘马，也是跳跃和盛装舞步马，一直深受世界各国喜爱。自汉代以来，西域汗血马的神话流传了两千多年，至今依然流传不衰。

汉武帝与汗血马

汉朝是汗血马最重要的发现时期，也跟张骞通西域有关。史料记载，张骞通西域以后，回报说乌孙和大宛国有一种强健的汗血宝马，是天马后裔。天马本来生活在高山之上，人类根本捉不到。当地人就把母马送过去与之交配，然后生下有天马血统的小马驹，外号"天马子"。这些天马子天生神骏，而且一跑起来浑身流的汗如血色一般。这种马很少见，因此也被视为最尊贵的马。

嗜好宝马的汉武帝闻讯后大喜，特意铸了一匹金马，命使者送到大宛国，想用金马换一匹汗血宝马，结果被大宛国王拒绝，汉使也在归途中被杀。汉武帝大怒，派大将李广利率大军远征大宛国。大宛国人难以抵挡，于是杀了国王，与汉军议和,并同意向汉朝提供良马。汉军挑选了3000匹良马运回中原，但这些马经过长途跋涉后损失惨重，到达玉门关时仅余1000多匹。得到汗血宝马的汉武帝十分高兴，将"天马"的美名赐予汗血宝马，并为此特意作了一首《西极天马歌》："天马徕兮从西极，经万里兮归有德。承灵威兮降外国，涉流沙兮四夷服。"可见汉武帝对汗血马爱得有多深。

汉武帝还让汗血宝马等西域良马与蒙古马杂交，培育出山丹军马。从此，中原的马种得到改良，汉代的生产力和军队的装备也因此大幅增强。

唐朝时，中原与西域诸国的关系更加密切。唐玄宗将义和公主嫁给了大宛国王，大宛国王则向玄宗献了两匹汗血宝马。玄宗为两马取名为"玉花骢"和"照夜白"，它们还被画进了唐代名画《照夜白图》，为众多文人墨客所追捧。"先帝天马玉花骢，画工如山貌不同"，这两匹汗血宝马在文人墨客的笔下千年不朽。

汗血马曾是匈奴骑兵重要的坐骑

中国对"汗血马"的最早记录是在 2100 年前的西汉。汉初白登之战时，汉高祖刘邦率 30 万大军被匈奴骑兵所困，凶悍勇猛的匈奴骑兵给汉高祖留下了极深的印象。在当时，汗血宝马正是匈奴骑兵的主要坐骑。

在冷兵器时代，战争的先机与速度是分不开的。来去快速的战马，加上骑兵的勇武，匈奴就给人以凶猛的印象。这一形象既概括了汗血马的特征，也几乎定位了它们的千年形象。但对汗血马的更多关注则要延后，这或许与当时对汗血马的认知程度有关。在欧洲的战场上，汗血马的身影也时常出现。

昭陵六骏中的"什伐赤"就是一匹汗血马。唐太宗赞其曰"瀍涧未静，斧钺伸威，朱汗骋足，青旌凯归"。斧钺伸威之下且看朱汗骋足，这匹英勇的汗血马在万军丛中状若游龙、快如闪电，李世民得以保全性命，什伐赤则在战后力竭而死。

1969 年在甘肃武威雷台东汉墓出土了一批青铜马，其中最有名的一件叫"马踏飞燕"。这个铜马是东汉人民以汗血马为原型创作的，四蹄飞驰，脚踏龙雀，收颈嘶鸣，栩栩如生，是我国古代雕塑艺术之瑰宝。

文化形象上的汗血马

爱读金庸武侠小说的朋友一定会注意到，在《射雕英雄传》中，郭靖的汗血马出场时是匹顽皮的小红马，对此小说中有大段的描述，生动的形象，可谓绝唱，而诗人牛汉曾写过一首诗赞颂汗血马："世界上 / 只有汗血马 / 血管与汗腺相通 / 肩胛上并没有翅翼 / 四蹄也不会生风 / 汗血马不知道人间美妙的神话 / 它只向前飞奔……"这一种形象，给汗血马定调，颇得汗血马的神韵。

在此之前，戏剧、绘画、小说中都有汗血马的形象描述。唐代，画家曹霸、韩幹的画作，诸多雕塑家的立马、奔马、跃马的形象，均有汗血马的影子。唐宋诗人描写汗血马的诗句俯拾即是。杜甫写道："京师皆骑汗血马，回纥喂肉葡萄宫。"苏轼写道："君如汗血马，作驹已权奇。"明清诗人徐渭、孙枝蔚等人均有汗血马的诗作遗留下来。宋人所著的《乐书》中，汗血马是"有肉角数寸，或解人语言，及知音乐，其舞与鼓节相应"。汗血马成了神话与现实参半的动物，也是对汗血马的一种理解。

对汗血马的记录也时常见诸其他国家。汗血马在中亚被视为"最美的动物"，其形象最早出现在土库曼斯坦及其邻近的阿塞拜疆的岩画中。近年的考古发现，其形象也经常出现在这些国家的生活器物中。文字的记载，最早见于公元前 5 世纪有"历史之父"称誉的希腊历史学家希罗多德的著作中。他曾写道，斯基泰人认为，地上奔跑最快的马匹就是天上运行最快的星斗。

此外，18 世纪土库曼斯坦的伟大诗人马赫图姆库里在其诗作中多次提到这种马。他写道："客人知盛情，战场识好马。""骑着骏马风驰电掣多豪爽，两侧的山崖倒飞如箭，似宝石般反光。"

汗血因何而成？

"汗血"顾名思义，汗血马在奔跑时会流下鲜红的汗水。试想汗血马在夕阳下飞驰，如鲜红的绸缎洒脱飘逸，状若惊鸿，形若游龙！也难怪无数名将帝王爱煞了此马。虽然汗血马尚存于世，科学界却对汗血缺乏统一解释，其主要原因是"宝马尚存，汗血不再"。即使是在土库曼斯坦，也难以找到还能"汗血"的宝马了，所以我们只能从前人的记载中窥其一二。

《史记·乐书》中记载汉武帝"又尝得神马渥洼水中，复次以为《太一之歌》"，歌曰："太一贡兮天马下，沾赤汗兮沫流赭。骋容与兮蹠万里，今安匹兮龙为友。"东汉学者应劭对《汉书·武帝纪》中的汗血马做了详尽的注释："大宛旧有天马种,蹑石汗血,汗从前肩髆出,如血,号一日千里。"后世许多学者、诗人甚至国外旅行家都沿用了汗血由肩髆流出这一说法。从中我们可以得出两个结论:汗血这一现象的的确确存在过,汗血马只是局部"汗血"而非全身"汗血"。

这是一个十分有趣的现象,汗血只存在于宝马的个别部位!为什么肩部的汗会和其他部位的汗明显不同?难道是汗血马肩部有什么惊人的秘密?

1. 病马说

随着科学技术的不断发展,科学家提出了一种解释。一种名为病原乳突副丝虫的寄生虫是导致汗血的罪魁祸首。这种寄生虫在宿主皮下形成血痂,圆形血痂会在短时间内出现并迅速导致皮肤破裂出血,马匹在奔跑过程中通常会加快这一过程,血珠与汗珠形状类似,故被称为血汗病。

病原乳突副丝虫寄生于马的皮下组织和肌间结缔组织,成虫呈白色线状,成熟雌虫在皮下组织内,用头端穿破皮肤并损伤微血管造成出血,随后产卵于血滴中,血液在皮下聚积形成结节,数小时后雌虫在结节顶部刺穿皮肤,卵随血液自小孔流出。经数分钟或几小时,幼虫从卵内孵出。一种吸血蝇类叮咬马匹时,会随血液吞下丝虫幼虫,并随下一次叮咬传染其他马匹。该病的发病通常由吸血蝇分布决定,每年四月开始传播,七到八月是高发期,冬季则完全消失。

传说中的大宛古国有一个神山,山下有神湖,凡在这里饮水的野马都变成了会"汗血"的天马。我们不难想象,正是一场寄生虫病导致那里的阿哈尔捷金马染上了"血汗病"。早期牧民难以理解"汗血",认为这是上天的神迹,天马之名就由此而来了。

2. 错觉说

在现代阿哈尔捷金马的家乡土库曼斯坦,有最好的汗血马饲养团队。每每有中国人向土国专家问及"汗血"的真相,得到的答案总是归结于此马的皮肤较薄,奔跑时,血液在血管中流动容易被看到,其肩部和颈部汗腺发达,马出汗时往往先潮后湿,对于枣红色或栗色毛的马,出汗后局部颜色会显得更加鲜艳,给人以"流血"的错觉。

时至今日，汗血马"汗血"一事仍在探讨，虽国外马学界对此不以为然。然而这是中国马史研究的一个悬案，近乎神话。有人说："历代文人墨客赋诗填词，撰写传奇故事，形成中国人独有的汗血马情结。归根结底，它反映的是中国对封疆万里，强国盛事的追忆和怀念。"确实是这样，一个美好的神话，会具有永久的魅力。

消失了的宝马

汗血马从汉朝进入我国一直到元朝，曾兴盛上千年。如到唐朝，西域各国进贡，贡品中必有汗血马。到明朝，帖木儿帝国遣使来北京，一次就进献二百匹。为什么汗血马后来消失无踪？为此还引起过不少争论。

从马史专家的研究看，最初，引进的汗血马数量相当大，雌雄比例也比较适中，进行繁殖是可行的。可在对马种进行改良的过程中，由于中国的地方马种在数量上占绝对优势，任何引入马种，都走了以下的模式：引种——杂交——改良——回交——消失。

值得关注的一个问题是，在马种的演变过程中，"汗血马"因自身的缺点而造成后人的弃用也是很重要的原因。汗血马虽然速度较快，但是它们体形纤细，相对来说负重能力不强。在冷兵器时代，士兵骑马作战，身披甲胄，手提兵器，总重相当大，更愿意选择粗壮的马匹。此外，由于马具的原因，汗血马不能驾辕，而粗壮的蒙古马则无此劣势，最后几乎所有从中亚、西亚引入的种马都归于消亡。

汗血马在中国的消失，说白了，既有马种优化过程中存在的问题，也有现实困境的因素。之所以我们今天依然对此津津乐道，就在于它们在历史上曾经发挥的重要作用。

汗血马今何在

有外国专家于 2000 年 8 月在新疆天山西麓意外发现了汗血马的踪迹，并拍下此马"汗如鲜血"的照片。据我国专家考证，土库曼斯坦和俄罗斯现在还有上千匹汗血马，只不过在当地汗血马被称为"阿哈马"。

科学界普遍认为，现今存于土库曼斯坦境内的"阿哈尔捷金马"就是"汗血马"，其存量约为 3000 匹。阿哈尔捷金马原产于土库曼斯坦科佩特山脊和卡拉库姆沙漠之间的阿哈尔绿洲，属于三型马。三型马通常体形高大健美，多产于中亚地区，能耐热，成年马匹身高 1.5 米左右。今存于阿哈尔捷金种马场的汗血马个个体形高挑优美，头细颈高，四肢修长，皮薄毛细，是马属中的绝对"美男子"。

汗血马有超强的耐力和瞬间爆发力。据土库曼斯坦专家介绍，汗血马跑完 1000 米仅需 67 秒，曾有 84 天跑完 4300 千米的纪录。1986 年在巴黎凯旋门杯赛马比赛中，赢得冠军的阿哈尔捷金种马"丹辛格·勃里伊弗"被以 5000 万美元的价格卖出，创下了有史以来的最高纪录。汗血马性子火热，精神饱满，属于热血马。这里的热血、温血、冷血并非指马的体温，而是以马的个性与气质分类。热血马性格急躁，速度快，通常可作为赛马。冷血马沉稳、安静，通常用作马力工具。温血马介于冷血马和热血马之间，是现今马术表演的主角。

阿哈尔捷金马是土库曼斯坦的国宝，被绘入土库曼斯坦的国徽。每年四月最后一个星期日都是该国传统的"赛马节"，全世界各地的赛马爱好者云集于此，共同感受汗血马的魅力。

第三部分
屦痕处处

屦痕处处

仁者乐山

智者乐水

所见皆美好

歌声里的康定

跑马溜溜的山上

"跑马溜溜的山上，一朵溜溜的云哟，

端端溜溜的照在，康定溜溜的城哟，

月亮弯弯，康定溜溜的城哟……"

来康定之前,我内心充满憧憬和兴奋。多少年来,因为一首耳熟能详的《康定情歌》,我一直对美丽的康定心驰神往。

来到康定，最迫切想去看的地方，当然是跑马山。因为《康定情歌》的第一句就是"跑马溜溜的山上"。山因歌而扬名，一曲《康定情歌》早已使溜溜的跑马山和美丽的康定一起，闻名世界，美誉全球。

跑马山是藏语"帕姆山"的音译，全称为"多吉帕姆仙女山"。跑马山景区有吉祥禅院、经幡林、凌云白塔、九龙浴佛寺、仙女台等景点。跑马山是一座神山、一座情山、一座灵山，把神话与传说、历史与现实、自然与人文有机地融为一体。

坐着索道上山，呼吸着清新的空气，感受着高原浓烈的阳光，山上的树被昨天的雨洗得纤尘不染，一派新绿。上得山来，迎面平台上安卧着一块刻着"跑马山"的石头。石头的对面高高耸立着吉祥禅院。吉祥禅院是跑马山上最古老的寺院，巍峨坐落于汉白玉台阶上，台阶中间刻着吉祥八宝的图案。据说游客从吉祥阶梯上走过，即可心想事成、平安吉祥。拾阶入殿，殿正中的上方，莲花宝座上端坐着佛祖释迦牟尼。香烟缥缈中，慈眉善目的佛祖在左右侍者的陪伴下，俯视着大千世界。

绕殿再往前走，就是"经幡林"。五彩经幡悬挂在树林之间的绳索上，随风抖动。"五彩经幡"由红色、白色、黄色、蓝色和绿色五种印有经文的彩色布条组成。这五种颜色分别代表不同的意思：黄色代表"大地和皇族高贵的气质"，蓝色代表"蓝天、力量和金刚菩萨"，红色代表"太阳、慈悲和观音菩萨"，白色代表"白云和纯洁"，绿色代表"丛林、智慧和文殊菩萨"。五色经幡一般被藏族同胞挂在屋顶、湖边或者高高的山间，用来祈福。他们认为，当风吹过经幡时，就相当于将上面的经文念过一遍，代表他们日日夜夜都在诵经念佛，以表示他们诚心向佛的信念。世世代代生活在高原上的人们，对大自然的变化更为敏感，他们认为人间太平，首先必须是大自然无灾无祸。

穿过长长的"天籁长廊"，便看见一个宽阔的圆形草地广场，广场上设有环形跑道，跑道的地面有几何图案的草坪——跑马坪，跑马山每年都在这里举办赛马活动。此坪藏名原为"登托拉"，意为如马垫子般平整的山坪。游客很多，他们在跑马坪拍美照、晒太阳、聊天，有的还跳起了锅庄。

每年农历四月初八，康定跑马山的国际转山会于此举行。"四月八"是康定人传统的民族节日。相传农历四月是释迦牟尼诞生之月，此时，康定藏传佛教寺庙会组织转山会。释迦牟尼于四月初八诞生，相传有九条龙为他沐浴，这天又称"浴佛节""佛诞节"；而他沐浴的池子，遂被命名为九龙池。为了敬奉佛祖，于九龙池处，又建有九龙浴佛寺，寺内香烛、烟雾缭绕，常年香火旺盛，是许愿祈福的灵地。除此之外，一年一度的"康定情歌节""情人节""锅庄盛会"都在这里举办，藏民聚集于此，看赛马、跳弦子、锅庄，听优美的溜溜调，山歌联唱，情歌对唱，载歌载舞，热闹非凡。

风吹过经幡，阳光洒在松叶铺就的厚厚的小道上。沿着这条小道走上跑马坪的水泥看台，上面建有"仙女台"，塑有 8.8 米高的多吉帕姆仙女像，另有八尊伎乐仙女，雕塑手法采用西藏古格王朝"供养天"的艺术手法和藏传佛教密宗艺术手法，特请高僧开光加持，祈愿天下有情众生，都能离苦得乐，吉祥安康。仙女台右边有"仙女台圣泉"，传说古时康定久旱，三月不雨，多吉帕姆仙女降甘霖，万物朗润。

跑马山承载着热烈的爱情文化，情人石是"张家溜溜的大哥"和"李家溜溜的大姐"定情的见证，情人池边的情侣林里，有很多罕见的连体古松，风吹松林，如情人窃窃私语……

在返程的路上，有一处神奇的景观——海螺石，游客纷纷向海螺石里丢硬币以求好运。俯身细看，一股清泉从形似海螺的巨石中汩汩流出。相传七百年前，第二世噶玛拔希活佛去中原弘扬佛法，四月初八这天，途经康定，在跑马山上，从巨石上一尺多宽的小洞里取出具有仙气的白海螺。在藏区，右旋白海螺最为吉祥殊胜。佛教继承了传统的说法，觉得声音传得悠远、回荡不息的白海螺的声音就是吉祥的妙音，象征佛法传遍四面八方、三千世界。噶玛拔希活佛取出的这个海螺现藏于南无寺，成为该寺的镇寺之宝，永世传存。从此，取出海螺的这块石头被称为海螺石。

来到了索道旁，准备乘坐缆车下山。仰望天空，蓝天上飘浮淡淡的白云，偶尔遇到风，被吹散的云朵萦绕在白塔的周围，亦真亦幻，如仙境一般。我仿佛看到婀娜多姿的多吉帕姆仙女正在翩翩起舞，使人如痴如醉，耳畔再次隐约响起了歌声："跑马溜溜的山上，一朵溜溜的云哟……"

那白云深处、经幡飘扬、格桑花开的地方，就是让无数世人向往的地方。来到这儿才发现，其实，有美丽的藏族姑娘和康巴汉子溜溜对歌的跑马山，并没有想象中的高大宽阔、一望无际，可以跨上马儿，纵横驰骋。

其实，旅行的意义，不仅是开眼，更重要的是开启心灵。

在下山的鸟鸣声中，生起无限感恩的心。我读懂了康定，读懂了跑马山。

银色的折多河

入住"康定情歌"大酒店的第一天，吃罢晚饭，我便迫不及待地走到康定的街上，去看天上那"月亮弯弯"。

刚走到街上，便被一条虽不宽但湍急澎湃的河流所震慑。这是我一生见过的最有力的河流，也是最清澈的河流、最欢快的河流，激情澎湃地从市区穿城而过。

平生在草原上长大，见到的都是长长的、弯弯的无名河，缓缓地、无声地在草原上静静流淌。而它，折多河，踏着锅庄的旋律，滔滔不绝，凌空飞舞着白色的浪花，从上而下桀骜不驯地奔涌而来。

这条河的名字，叫折多河。

折多河发源于折多山，由折多山群峰的积雪融化汇集而成，由高到低，不拒细流，从 4300 米的高山之巅落入 1300 米的峡谷之地，河水由小变大，由浅变深，由缓变急，直到气势恢宏，奔腾如泻，流经康定，然后急转直下，沿着瓦斯沟，到达冷月关，最终流入大渡河。

我站在河边的汉白玉栏杆边，俯身细看，奔腾的折多河水撞击着岸边的岩石和河中的礁石，翻卷着雪白的浪花，一层推挤一层，浩浩荡荡，往下游滚滚而去。

有时，翻滚的河水撞上了河里突出来的形状各异的石块，河水飞崩，浪花四溅；有的河水，被身后的河水推挤着，如脱缰的野马，蹿上了护河的水泥台，打着旋儿，在台上转几个圈儿，又恋恋不舍地退回了河里，瞬间被湍急的河水淹没了。

耳边，全是涛声，湿漉漉的涛声。涛声回荡在这座建于峡谷的康定小城，发出立体的、悦耳的、强健的、清新的声音，就像少年的呐喊，像蒙古马的蹄声，在耳边回响。

竟然感觉不到烦躁。我当然感觉不到烦躁——在我耳里，这涛声幻化成了嗒嗒的马蹄声，河水幻化成了一片连绵到天际的草原。

天际，月亮弯弯，仿佛爱人细细的眉眼。

在康定的几天里，我一次次流连在折多河畔。

徜徉在河边，身体的四周全是清凉的水雾。奔涌而下的折多河，惊涛拍岸，溅起的水雾在灿烂的阳光中、在清凉的月色里，柔情蜜意地闪烁着银色的波光。

早晨、晚上，会遇到卖松茸、羊肚菌的藏民，在小广场上跳锅庄的藏族老人，三三两两的游客……有一天，还在桥上遇到了一个吹萨克斯的年轻人，有几对情侣静静地在听。吹奏者也好，听众也罢，他们每一个人的脸上，都洋溢着淡淡的笑容。

我走出很远了，耳畔还回响着《康定情歌》优美的旋律。

纯净的眼神

我曾经在去西藏的路上，看到许多的朝圣者，他们手上戴着木板，膝盖套着护具，三步一停，虔诚下跪，然后双手合十，五体投地。他们的口中始终诵读着六字真言。一次朝圣，往往跨越上千公里，历时数月或者一年。最为虔诚者，据说要磕十万次长头。有的朝圣者额头因长期磕碰地面生了老茧。记忆最深刻的是他们纯净的眼神。

我用身体衡量那永无止境的朝圣路
你看着我疲惫不堪
但你却不知道
我心灵如此平静

我每磕一次头
我就见一次佛
我每见一次佛
我就磕一次头

不要问我
有多少虔诚
我扑下的痕迹
已刻在佛的心中

当我合手膜拜的那一瞬间
我会看懂一切……

在康定的日子里，我偶然听到了这样一件事。

康定市孔玉乡崩沙桥头的卡点，每天都会出现一个佝偻蹒跚的身影——68 岁的藏族老阿妈龚如琼右手拄着拐杖，左手提着装满酥油奶茶的茶壶和零食品口袋，艰难地在村寨与卡点之间往返着。

"你们一整天守在桥头上，我这没得啥子好吃的，给你们送一壶热茶，你们暖暖身子吧！"老阿妈说。

原来，龚如琼老阿妈就住在离卡点不远的村寨上，每天看到卡点的村干部值岗，24 小时守护着三个村 302 户藏民的生命安全，老阿妈便决定尽自己一点力，每天中午都早早地烧好酥油茶，带上家里仅存的糌粑、饼干、奶渣子，送到值守人员的手中。村干部考虑到老阿妈腿脚不便，多次劝她不要再送东西了。老阿妈说，这个病毒不完，她就要一直送。

龚如琼老阿妈是地道的孔玉藏族，年轻时长期劳动导致腰肌劳损，险些瘫痪，幸运的是，在国家重大疾病救助和医疗保险政策的帮助下，经历几次重大手术，如今已经能借助拐杖正常行走。老阿妈有一个心愿，现在国家遇到了困难，她这把老骨头，也必须出点力。

从此，在村寨与卡点的路上，总会准时出现一个一瘸一拐的身影。时间长了，值守人员感动地称她为"酥油茶阿妈"。

听到这个故事后，我的心里有一种情绪在流淌：

有一座山叫贡嘎山

有一条河叫折多河

折多河传来阵阵歌声

那是酥油茶阿妈送来吉祥和祝福

那是酥油茶阿妈送来吉祥和祝福

啊……酥油茶阿妈，啊……酥油茶阿妈

大地安详，天地之间，

酥油茶阿妈，你有一双纯净的眼睛！

春风三月看黄姚

一

在三月，在微醺的细雨中，在清晨百鸟的鸣啭中，黄姚古镇以她古朴、优雅的容颜，迎接了我。

中国人讲究规矩、方圆，所以中国历来的建筑都秉承这一风格，比如，周庄、丽江、凤凰、同里……各有特色，各具千秋。但是，广西的黄姚古镇与其他古镇相比，安静、秀气、淡雅，有一种别样的味道。曾有人这样形容她："黄姚古镇如同一本千年的诗集，被人遗忘在图书馆僻静的书架上，当人们不经意地走过，翻开这美丽的篇章，古朴而优雅的格调立即征服了人心。"

广西的黄姚古镇作为一座具有千年历史的陆路古镇，坐落于北陀古道的十字路口，地理位置十分显要。黄姚古镇的建筑按九宫八卦阵式布局，分布着三百多幢明清时期的古民居，多为两层砖瓦结构，虽没有中原大户人家那种恢宏气魄，却十分精美。蹑足凑近细看，这些古老的房屋，梁柱、斗拱、檩椽、墙面，或砖雕，或石雕，或木雕，建筑精美，工艺高超，虽历经千年风雨的侵蚀，仍千姿百态，栩栩如生。走在古镇里，我发现镇内有"六多"：山水岩洞多、亭台楼阁多、寺观庙祠多、祠堂多、古树多、楹联匾额多。而且是有山必有水，有水必有桥，有桥必有亭，有亭必有联，有联必有匾。从而，山、水、寺、祠、桥、亭、联、匾构成了古镇独特的风景。

建镇初始，有黄姓和姚姓两户人家，最先落籍定居于此。北宋开宝元年（968），杨文广将军奉命平定战乱，率部途经此地，为之取名黄姚。直至明清时期，黄姚已经发展成为一个十分繁荣的城镇。

黄姚古镇地处漓江下游，小珠江、姚江和兴宁河三条河流从黄姚古镇纵横流过，两岸均有用石墩砌筑而成的河堤，堤岸上筑有一座座码头，向着石码头的是一座座恢宏的巷道门楼，透过门楼望去，又是一条条深深的巷道。

河溪上建有一座座石拱桥，石拱桥又将一条条石板街连接起来，与远处峻峭的姚峰和一座座喀斯特地貌的石山，遥相呼应，加之镇内一株株古榕树、一丛丛翠竹交错掩映，奇山秀水，犹如一幅风光旖旎的桂林山水画。最美的，也是最有名的，当属带龙桥和兴宁桥，弯月似的拱桥下，群鸭悠悠，碧水粼粼。

黄姚古镇是清幽的、恬静的。光滑的黑石板路、手工建造的老屋、无处不在的小桥流水，处处展示着浓烈的人文气息和丰富的民族文化。加上独有的自然风光、慵懒的生活节奏，看着两旁相顾无言的老屋，漫无目的地走在小巷之间，你会无端地生出心平气和、安之若素的感觉。

同时，你会希望时光慢下来、静下来、停下来。每一次来，感觉都不会一样。而且不同的时辰，早晨、中午、晚上，给你的感受都是不一样的。

走在一条条石板铺就的古老街道上，踏着黝黑的石板路，我想起戴望舒的《雨巷》：

撑着油纸伞，独自
彷徨在悠长，悠长
又寂寥的雨巷，
我希望逢着
一个丁香一样的
结着愁怨的姑娘。
……

顾名思义，所谓古镇，当以"古"字为主。黄姚古镇里，古民居、古门楼、古戏台、古街、古井、古宗祠、古庙宇、古桥、古亭、古匾等古建筑，铺天盖地般均以整体形式出现在游客的面前，形成了黄姚古镇丰富的古镇聚落环境，一砖一石一瓦，一花一草一木，无不保持着明清时期的古韵风貌。

除了古朴的颇具岭南建筑风格的古建筑外，最引人注目的当属悠长弯曲的石板街。每一条用黑色石板铺设而成的石板路都幽长而光滑，联结着三百多幢斑斑驳驳的古民居，在近千年的步履打磨之后，显得更为平整光滑，泛着黝黑的青光。目前，黄姚古镇完整地保留了八条石板街，分别为金德街、迎秀街、天然街、中兴街、安乐街、连理街、龙畔街、山磅街，全长十多千米，是黄姚古镇有名的景观之一。安乐街是主商业街，街道上铺的青石板又长又大，两旁的商业铺面是十分典型的岭南风格，至今仍保存完好。其中迎秀街的石板街最阔，约五米；其他横街如金德街、亭秀街、天然街规模要小一些。

沧桑的黄姚古镇，仿佛时光在这里驻足千年。但是，可能只需你的偶然到来，她便会瞬间解封，像花一样重新绽放。

如此古镇，如此美景，足以让全国各地曾经来过黄姚古镇的作家、诗人，生发诸多邂逅的感想。久居此地的贺州市文联副主席石才夫，写了一首《黄姚四意》，如易安居士的词令一样清丽婉约，摘其中的一段共飨：

写黄姚

我要把你带上

最好是在小巷的拐角遇上

那些花啊草啊

都是熟悉的眼角眉梢

没有长亭短亭

只剩夕阳古道

大榕树下那座鸳鸯桥

二

黄姚古镇没有浓厚的商业气息，街道上偶尔会看到当地村民手工制作的辣酱和腌菜，还有自酿的各种米酒。走在石板街上，灌入游客耳中的，是那种软软的、带着方言口音的售卖声。

一座座沧桑的古屋门前或屋角，总会依傍着一棵或数棵各种各样的花儿，一条青石板路连着幽静古朴的前方。黄姚古镇是最不愿意包装自己，也是最会展示自己的古镇，除了最基础的水电管道、景区指引路牌，其余的都是最原始的面貌，房屋到处呈现古旧沧桑的感觉，却又透出顽强的、时空无法隔断的生生不息。随处可见的，有古宅门口尘土覆盖的旧物件、磨得黝黑发亮的条石、憨实傻气的中华田园犬、佝偻着脊背散步的老奶奶、倚门闲谈的老大爷，还有深巷弄堂里的姑娘，以及无人迎客的客栈柜台……哪怕是院墙上已脱落的客栈招牌，都有浓浓的烟火气息。如此种种，构成了古镇最古朴温暖的一面。

我喜欢一个人走在古镇里，愿意碰见从巷子里走出来的居民，他们白着头，佝偻着，却是这个古镇中不可缺少的一部分。走累了，就随便坐在一个院门口外面的石板凳上，或者细长的石条上，随着时光的流逝，它们都被磨得光光的。巷子里人流时断时续，抬头看，那些用木条做的客栈牌匾都是别具匠心的，而且是被风剥雨蚀的，透着岁月的沧桑感。偶尔，目光不经意间，从院落的窗户看进去，直接能看到里面的院子，你会看到上了年份的八仙桌，桌上还摆放着几只用旧的瓷碗，老旧的木椅、木床似乎带着曾经的温度。一切都是没有章法的，但是一定要透着不受束缚的自由自在。每扇或紧闭或半开的窗户里，都有与我们相同或者不同的生活。老一辈人乐于住在这些古旧的老屋里，他们不愿搬到新镇已经建成的楼房上去。我两次遇到郭家大院的主人，一个花白胡须的老人，他是盛唐大将郭子仪的后人，不愿意住外面的楼房，每天看守着这个占地二十多亩、颇有唐宋遗风的祖宅。每到晚上，他都会坐在门前的池塘和花园处，有时喝了酒，微醺地给游客介绍院子里的太阳门、月亮门，讲述建造这座明清建筑、曾经任翰林院编修的祖宗的故事……正因为这些怀旧的老人，古镇才更显得宁静祥和，充满了生活气息。

走累了，随便找一个小板凳坐着休息，看着人来人往，还会看到门口慵懒的宠物狗、窗户上翘首而望的花猫。黄姚古镇的金德街，沿街两侧的老房子绝大多数是昔日的店铺。那些店铺而今早已闲置不用，却仍保留着当时的痕迹，老旧的木头窗户上留着一个圆孔，是晚上关门后一手交钱一手交货的通道。

梁思成说："人有了一个自己的院落，精神才算有了着落。"一方小院，一院花香，一本闲书，一壶清茶。中国的文人，大多有一个小院的情结。郑板桥曾说："吾毕生之愿，欲筑一土墙院子，门内多栽竹树花草，清晨日尚未出，望东海一片红霞，薄暮斜阳满树，立院中高处，俱见烟水平桥。"中国人的小院情结，从古至今，从未改变，反而越来越浓郁。黄姚古镇的古宅院虽然不大，但是容下了春夏秋冬，塞满了人情世故，充满了烟火气。

在清新的空气中，我朦胧中突然觉得，生命应该是从容的、诗意的。我想起这样一句话："人安静地生活，哪怕是静静地听着风声，亦能感受到诗意的美好。"

三

走进黄姚古镇，仿佛走进了一个石头的世界，街道两侧的老宅多用石头垒制而成，镇内的亭台楼阁、寺观庙祠的主要用料也是石头。行走在古镇之中，会经常看到石桌、石凳、石碾、石磙、石磨、石炉……想必当年的居民，因为木料缺乏，而周围皆山，山以黑石为多，于是，居民不仅用来铺路盖房，还打制各种石器，便有了这个石头古镇。我生在北方乡下，幼时多见石牛槽、石猪槽、喂鸡的石槽、农村旧房拆出来的门墩、石鼓，还有磨豆腐的石磨、石臼等。

随着岁月的远逝，这些逐步被淘汰的老物件，却悄然地从历史的泥垢中现身，石鼓、门墩可以用来修缮复古建筑，石槽、石臼可以养莲植蒲，石缸养鱼，石磨铺路搭建水景，石桌重新拿出来用。就收藏价值而言，老石器本身作为一种文玩具备保值升值的属性，尤其是制作精良、年代久远的石器，价格昂贵，升值空间巨大。从风水学来说，都说"石"来运转，石代表龙脉和生气，石同时具有土、金两种力量，尤以土性最强，能有效地化解煞气，起到驱邪、扶正、镇宅的作用。如石槽常常被誉为聚宝盆。而从观赏价值来看，不同的石器不同的雕刻，搭配各类不同的植物，都能呈现不同的审美价值。

古宅门口两侧，有石墩、石凳，还有石椅，有一猫蹲在石墩上，静静地瞌睡，突然睁开眼睛，目光炯炯。原来，它面前的石缸里，有红色的鲤鱼在游。

那些原来用来喂猪喂马的石槽，被黄姚古镇的居民用来养莲，从牲畜"饭碗"变成了艺术品。我看到一个石槽，里面种着菖蒲，五月初五，在黄姚古镇过端午节，家家户户都要在门口插菖蒲，并在水缸里泡菖蒲的根，据说泡过菖蒲的水可以防治邪毒、虫蚁。

作为文房"四大雅草"之一，相比兰花的香远、秋菊的斑斓和水仙的清幽，菖蒲是默默无闻的。有人会说，菖蒲，不如兰、菊、水仙那么色香味俱全，草，而已。但菖蒲的魂，是留在精神中的，"忍寒苦、安淡泊、伍清泉、侣白石"，俗人触摸不到，功利结识不了。

看着石槽里的菖蒲，便知养蒲的人，非但对其知情知性，对其栖身之所也是深有研究的。于是，这个历经千百年风雨的石槽，便成植蒲上品。

在石槽或石缸中养蒲的人，一定是有趣的人。

有趣的人不苟且，有时，即便身处逆境，眼前满是苟且，他们也会找到诗和远方。

四

一个地方，离得这么远，却能来两次，实在是一种缘分，此生能否再来，真的说不定了。所以，在活动结束的前一天，我起了一个大早，特意去看清晨中的黄姚古镇。我出来得太早了，此时晨曦未露，夜气犹存，微风不起，水波不兴。街上没有游人，此时的古镇是静谧的，从正门进入，沿右岔路走，便见那棵已有500多年树龄的龙爪榕默默地站在河边。第一次来的时候，也是入门来，第一眼就瞅到了它。龙爪榕因其气根形似龙爪而得名。它竟是在石头中生长，与岩石紧紧相拥，根须没法充分伸展，但其枝干盘根错节，参天繁茂，伸展至半空，倒影清溪，参差斑驳。

古镇是清凉的。我沿着街道前行，两侧的老屋灰墙黛瓦，分外引人注目。少许人家已经打开了店门，在门前点起了小炉子，煮水烹茶，任烟雾在早晨的雾气中飘散而去。

漫步中，我来到了位于古镇东面的鲤鱼街。古时候，工匠在铺砌石板街时，遇到了一块突起的天然岩石，他们将这块石稍加修饰，凿成了长约2尺的鲤鱼，称之为"盘道石鱼"。这条街便被称为"鲤鱼街"。距离源头鸡公山两三千米的地方，还有著名的仙人古井，占地约50平方米，有一米多深，分为五口。第一口井是专供居民饮用的，第二口井是洗菜用的，第三、第四、第五口井是洗衣服、洗农具用的。古井的泉水常年翻腾而涌，无论多旱多涝，始终保持流量不变。古镇上的人把这井的水称为神仙水。传说阴历七月初七上午在泉中取的水，能放置三年而不腐，人饮后百病不生。

而后，我又去了带龙桥。沿小珠江前行，我听到江边的林里传来鸟鸣声。几日来，每天早晨，我都是被宾馆窗外的鸟鸣声唤醒。白天，常见各种不知名的鸟儿在林中盘旋鸣啭。

"我听到一万只鸟鸣，但不必见到它们。"在春风三月，在杏花雨中，我来过，然后，带着春天回家，就够了！

踏踏蹄声

大美金川 梨花醉美

江山有大美，千里景不同。

三月，内蒙古黄河段。冰封了一冬的黄河，仿佛一夜之间，被强劲硬朗的春风吹开了。融化的冰块，咆哮着，汹涌而下。冰块和冰块互相撞击着、拥挤着、翻滚着、堆叠着。侧耳倾听，上游冰块的撞击声震耳欲聋，瞬间由远及近，翻滚的波涛夹杂着冰块，如万马奔腾，似雪崩飞滚，一泻千里。

而三月的四川，在青藏高原东部边缘与四川盆地交错的峡谷地带，被誉为"阿坝江南"的金川县，别有一番景致。一幅春意盎然的高原画卷在嘉绒藏族的居住区徐徐展开，忽如一夜春风来，100余万株古老的梨树，同样被春风，却是充满温柔地、怜爱地从梦中吹醒了，从大金川集沐乡到丹巴县巴底乡之间的河谷地带，在4万余亩的梨乡大地，在蜿蜒绵延百余千米的大金川河两岸，漫山遍野，竞相绽放，汪洋恣肆。无论是公路两侧，还是河谷地带；无论是藏寨的房前屋后，还是矗立在高山的碉楼脚旁，一株株古梨树，摇曳着满树的梨花，就像一条条洁白的哈达，缠绕在山川河谷之间，蔚为壮观。

大美金川，梨花醉美。可以说，四川的春天是从金川的梨花开始的。

仲春时节的金川，万亩梨海，草绿梨白，似茫茫雪海；微风徐来，风起花涌，梨香浮动，充溢于整个大金川河谷之间。在这样的梨香中，万物都被怒放的梨花温热了，唤醒了，染香了。"丝丝缕缕梨花雨，浸得梨花不粘尘。"还有那应时而降的春雨，细细密密，从藏地的天空上降下来，晶莹剔透的雨珠打在梨树枝头，飞珠溅玉一般，湿润了重重叠叠的花蕊，有的溅在地上，有的碎玉一般凝在花蕊上，似美女落泪，点点滴滴，幽婉清丽。挨挨挤挤的花蕊，像一个个粉妆玉琢的孩子，在嫩绿的梨叶间，比赛似的探着脸，好奇地打量着这个世界。

梨花在晨曦中，在淡月下盛开着、婆娑着，无拘无束，自由自在，一副清纯高洁、不染尘埃的模样。微风徐来，花瓣临风起舞，轻盈地打着旋儿，悠然落在树下，一夜之间，高原阔朗的金川大地铺满了白色的花瓣。

刚刚走下车，一下子就被梨花包围了。梨树与道路构成了天然的梨花大道，左边、右边、前边、头顶，处处都是争奇斗艳的梨花。一座座依山傍水的藏寨，错落有致地掩映在层层叠叠的梨花丛中，好一幅旖旎的江南春光画卷，怪不得金川有"阿坝江南"的美誉。

站在藏家旁，举目四望，但见田埂新芽，满园春色，梨树飘香。"冷艳全欺雪，余香乍入衣。"清风带着梨花香，一下就侵入游客的衣服里。"探花只恐花睡去，惜玉怜香故人来。"穿梭于田埂之间，无论从哪一条小路走过去，所及之处，都是一片片的梨树。站在梨树下，凝神细看，密密簇簇的梨花，缀满枝头，千朵万朵，压枝欲低，玉骨冰肌，素洁淡雅，被阳光照耀着。"占尽天下白，压尽人间花。"繁花胜雪。天下百花之中，若说白，当非梨花莫属。春风荡漾，梨树花开，每一朵，都有每一朵的美。有的完全绽开了，仰着头，尽情地吸吮着温暖的阳光；有的羞涩地半开半合，美目含嗔，千般妩媚，万种温情，惹人爱怜；还有无数贪睡的花骨朵，闭着眼，慵懒地团睡着，珍珠一样挤缀在花叶旁。

错落有致的梯田，山峦、梨海、河流，构成一派绝美的世外桃源景象。晨雾与炊烟弥漫在山谷里，大金川的山山水水充满了灵气。"孤女飞升两百年，谁筑神坛叩青天。梨林春深川暮鼓，画阁镏金绕晨烟。"我无法比喻这种美丽的景色，心中马上想起一句词："百里香雪海，万树梨花开。"喀尔乡，是观看整个金川河谷的最好地方。登高远望，但见雪峰巍峨耸立，苍穹下，清澈的大金川宛若轻柔的绸带，缓缓流淌在崇山峻岭之间。喧闹怒放的梨花，如皑皑白雪铺满大地，与山顶上圣洁宁静的积雪，一动一静，一春一冬，遥相竞白，互相映衬。大金川，把春天和冬天同时馈赠给世人，此为一绝也！

藏寨都掩映在梨花中，很安静，几乎看不到居住的藏民。女王部族坚强、智慧、包容的秉性，顽强地穿越时空，烙印在小镇每一个人的心里。荡漾在老街女人们脸上的笑容，是千年的沉积和从容，一笑千年，美得让人心醉。只有房前屋后的梨花安静而热烈地开着，这盛大、静谧却又热烈的花事，丝毫也没有影响山林里的牦牛悠然地摇尾、吃草。

梨树开花了，结果了。每年十一月，梨树叶子红了，万亩梨叶红遍整个河谷两岸，像熊熊燃烧的火焰。阳光透过火红的树梢，在它身上洒满金子一般的光芒。一阵风吹过，红叶在枝头婆娑着，摇摆着，有的离开树枝，在空中飞舞，如翩翩蝴蝶。这时，就会有牛皮船三三两两，在金川江上悠然划过。岸上，当地藏民跳起了好看的玛奈锅庄。

我住进金川的第二天，早晨醒来，推窗一看，有风轻轻地吹过，但见楼角处、远山处的梨枝颤巍巍，随风缓缓摇摆，沾着晨露的片片梨花濡湿着，有的花瓣飘落下来，布满了树下的小径，似下了一层香雪；风刮过来，纷纷扬扬，如翻飞的蝴蝶，在虬枝盘旋的古梨树间，风情万种，美不胜收。

金川梨树品种繁多，有鸡腿梨、金花梨、水冬瓜梨、红花梨、麻籽梨、蜂蜜梨等七十二个品种，以其色黄如金，体大肉厚，汁甜香浓、脆嫩化渣、止咳化痰的诸多优点，闻名遐迩，堪称梨中极品，其中的金花梨、鸡腿梨品质超群，是历代进京贡品，因此，金川被誉为"中国雪梨之乡"。金川雪梨的栽培历史由来已久，在庆宁乡有一棵鸡腿梨树，树龄在三百年以上，至今仍在开花结果。专家学者在金川调查，发现境内二百年以上的老梨树随处可见。自古以来，金川人用牲畜驮着雪梨到都江堰、丹巴等地，兑换布匹、茶叶、盐等生活用品。在民间，嘉绒藏族人代代流传着东女王、格萨尔王、松赞干布等人与金川雪梨美丽的传说。尤其是文成公主与金川雪梨的传说，流传得最为广泛。相传，金川雪梨原产长安，唐太宗派文成公主进藏和番，路经金川曾遗下梨籽，金川雪梨又被称作"公主梨"。清代乾隆皇帝派阿桂远征金川，凯旋的时候阿桂把金川雪梨带回京城，金川雪梨名噪一时。此后，金川雪梨一直作为贡品名载史册。

当年红军长征两次到金川，建立了以绥靖为中心的大小金川革命根据地，近三万红军缺衣少食，只好以半青半黄、没成熟的雪梨充饥，或生吃，或煮着吃，虽然又苦又涩，但毕竟可以果腹。百姓还把雪梨切片晒成梨干，送给红军。红军带着金川雪梨，带着梨乡人民的重托，踏上了北上抗日的征途。因此，雪梨有了一个红色的名字——"红军梨"。在金川马奈乡，还有一个纪念红军用银圆换梨的地方——"两块半"。当年中国工农红军路经此地，耗尽粮草，便在一老百姓家门口，买梨充饥，这家百姓知道红军是革命的队伍，坚决不要钱。临走，红军战士悄悄把两块半银圆放在了他家门口的一块石板上。于是"两块半"的地名便流传了下来。"长征路上大金川，满山雪梨大又圆。"红军长征与金川雪梨的这段历史，一时传为佳话。

金川人熬雪梨膏、酿雪梨酒，用雪梨设宴，热情款待远方的客人。雪梨成了金川人致富的命根子。二十世纪八十年代，金川人拿着卖雪梨的钱，送子上学，一时学风浓郁，培养了大量的人才。雪梨改善了当地的经济状况，供养孩子求学、让家庭脱贫致富，当地村民视古梨树为神树。每逢春天梨花绽放，金秋缀满硕果，在古树上悬挂哈达红布，在树下焚香礼佛，祈福感恩。并在离古梨树群不远的河畔处，修建数座白塔，一座转经塔，祈祷风调雨顺，家和人兴，国泰民安。

千树万树梨花开，一枝未开等你来。梨花、雪峰、峡谷、流水、藏寨、喇嘛寺，还有千年藏族古碉，勾画出一幅独具魅力的川蜀春景。"中国之碉源于四川，四川之碉源于金川"，在大小金川及大渡河上游两岸的村寨、山脊和要隘处耸立着无数的古碉建筑。古碉，嘉绒地区藏民族先民的建筑杰作，大小金川，地险多阻，当年嘉绒藏族依山而居，垒石为室，多在二十至三十米之间，少数碉高四十余米。低矮的石碉为四角、五角、六角，而八角碉则较高大。石碉的功能，大约可分为军事防御碉、官寨碉、通信预警碉、界碉、风水碉等五大类。据调查，仅金川县卡撒乡小卡撒村卡撒寨一处就有一百多座石碉。史籍记载，仅卡撒一沟两山就有三百多座石碉。保存完整的石碉在全县现今残存遗址随处可见。马尔邦关碉就矗立在嘉绒通往康巴地区的河岸上，是目前全国的"碉王"。

在隋唐时期，这里是东女国的疆域。滔滔的金川河水，流淌出嘉绒人的千年故事，荡漾出东女国的万年风情。一个女性王朝的背影，留给历史永久的惊叹和追忆。"忘不了故乡，年年梨花放，染白了山冈，我的小村庄。妈妈坐在梨树下，纺车嗡嗡响；我爬上梨树枝，闻那梨花香。"一树梨花，一弯溪月，如此良辰美景，永远地留给了勤劳勇敢的东女国后人。

返回的车上，我不时透过车窗，目光在山上寻觅那承载着历史的山间古道，古道一线蜿蜒，隐没于荒野之中，时断时续。千年古道静静地沉睡在山间沟谷，演绎了多少生离死别。我分明看到了当年的赶马汉子，成群结队，跋山涉水，一趟又一趟，把兽皮、青稞、雪梨、鹿茸、麝香、牛黄、灵芝、冬虫夏草、羌活、黄芪、党参等珍贵土特产运出去，把外面的茶叶、盐巴、布匹运进来……清脆的铃声，古道上深深的马蹄印，赶马汉子叼着长长的烟锅，黑红的脸膛布满憨憨的笑容。

心有桃源云水间

陶渊明是我国的著名田园诗人，著有《陶渊明集》。他的"采菊东篱下，悠然见南山"，堪称千古绝句；他的传世名作《桃花源记》，是他写的《桃花源诗》前面的一篇序言，千百年来，被无数文人传诵至今。

陶渊明在文章中，描绘了一个没有阶级、没有剥削、人人平等的理想社会。他笔下的世外桃源，成了后代文人墨客对未来生活的美好憧憬。

一、何处是桃源

桃花源究竟是诗人的幻想，还是现实生活中的真实存在？

陶渊明在文章中，并没有留下桃花源在哪个地点的具体描述，最终只以"无问津者"结尾。"世外桃源"究竟在哪里？伴随着这篇美文，全国30多个地方都争叫"桃花源"。为了"桃花源"这个名号，彼此之间争得沸沸扬扬，不亦乐乎。

2016年12月，重庆酉阳县高调推介其境内的桃花源景区，并以排他性的姿态，公开宣布酉阳桃花源的"正宗"性。此举随即引发湖南省常德市桃源县的反击。除此之外，湖北、江西、贵州、台湾等地也在"据理力争"。新华社、中国文化网、新浪网、腾讯网、华龙网等各大媒体纷纷对这次"桃源之争"进行了报道和评论。

重庆酉阳桃花源地处重庆市东南部武陵山腹地，距重庆市300千米，有一处石灰岩溶洞，呈"桃子"或"桃心"状，高、宽约30米，自然天成，惟妙惟肖。最早居住在此的人们称此洞为"桃子""桃洞""桃宫""桃屋里"，后人于是称此为"大酉桃源"。据《酉阳直隶州总志》记载："有秦人，负书笈，辗转来酉。"而陶渊明在《桃花源诗》中写道："嬴氏乱天纪，贤者避其世。"当年秦始皇为了统一思想和维护集权统治，下令销毁六国史书和藏于民间的

《诗》《书》，坑杀儒生。相传咸阳有一群儒生，为"避秦时乱，率妻子邑人"，经汉中、剑门关，顺嘉陵江而下，至江州（今重庆），沿长江至枳城（今涪陵），再沿乌江而上，在酉阳落脚，从此生息繁衍，与世隔绝，过着"日出躬耕绿野，日落沉醉红霞"的生活。这些儒生背负而来的大量诗书古籍，因藏于石室之中，得以保存。后人有诗曰："千卷遗书秦火后，几人负笈酉山阳。"该洞有桃花溪水滔滔流出，天长日久，遂成浩浩汤汤；桃花溪畔有一个四角木质小亭，传为当年武陵渔人问津之处，故名"问津亭"。此洞居于武陵山腹地，有桃花溪环绕，故此，当地人认为这里就是《桃花源记》的原型。著名历史学家马识途曾于洞口高处，题写了"桃花源"三个大字。

大酉桃源还有一处"太古洞"，长约 3 千米，为当年咸阳儒生躲避官府搜捕的最后藏身之地。太古洞系天坑溶洞，体量庞大，内有宽敞的大厅、曲折的廊道、险峻的石谷、幽深的地下河，构成了如梦似幻、奇特秀丽的岩溶地质景观：钟乳挺拔，石笋丛生，石幔高挂，石柱巍峨，石帘低垂，石瀑飞流……洞体规模巨大，气势磅礴，可谓集洞穴岩溶景观之大成。大酉桃源在武陵山中沉睡了千年，不受污浊黑暗苦难的外界干扰，"往来种作，男女衣着，悉如外人。黄发垂髫，并怡然自乐"。当地人称，《桃花源记》中的"理想社会"并不是陶渊明凭空想象或者创造的，而是以酉阳桃源为原型，根据《山海经》《搜神记》《穆天子传奇》等古代典籍中对上古祖先生存环境的文字记录，尤其是武陵渔人黄道其与武陵太守刘歆关于寻找桃花源的历史记载，经过反复推敲而写成的。所谓"桃洞""桃宫""桃都""王都""帝都"，以及后人传说中的"瑶池天宫""玉帝天庭"，即是今日酉阳县城的"太古桃源"。

湖北竹山县官渡镇桃花源地处鄂西北山区，境内森林茂盛，地势险峻。县境内有一峡谷，全长 33 千米，平均高度 1000 米，平均宽度 5 米，为华中地区最长、最深、最窄的奇特大峡谷。武陵峡山峦俊秀陡峭，内有许多大型溶洞群，地缝深渊，飞泉流瀑，九曲回肠，青天一线，蔚为奇观。乘一叶木船，沿堵河（古称武陵河）逆流而上，行约半小时，便见一座孤山从河中突兀拔起。山背后就是不足两米宽的武陵峡口，如同陶渊明所写"山有小口，仿佛若有光……"河水从幽远的峡谷深处流来，令人神往。到达峡谷尽头，弃舟登岸，徒步溯溪，溪水冰凉，行约一小时，便见一片茂密的桃林，鸟语花香，"中无杂树，芳草鲜美，落英缤纷"。继续前行，便入小武陵峡，两岸数百米高的山崖犹如刀削斧劈，岩壁上横生参天大树，遮天蔽日，仰头看天，空中隐约一道白线。到达武陵峡谷上游，出口处有一自然村落，风景奇幽，即为桃源村。村子住着数十户人家，"土地平旷，屋舍俨然，有良田、美池、桑竹之属。阡陌交通，鸡犬相闻……"

竹山县在秦朝时，称武陵县。县境内的堵河，旧称武陵河；河中峡谷至今还叫"武陵峡"。峡谷入口处的村子叫桃花源村，属竹山县官渡镇；出口处的村子叫桃花源乡，属竹溪县。而且，竹山县官渡镇有梯仙国故事，流传甚广：唐中宗神龙元年（705），竹山县富人阴隐客在自家后院打井时，发现了一个山洞，山洞后面隐藏着另外一个世界，这个世界"千岩万壑，莫非灵景。石尽碧琉璃色，每岩壑中，皆有金银宫阙。有大树，身如竹有节，叶如芭蕉，又有紫花如盘。五色蛱蝶，翅大如扇，翔舞花间。五色鸟大如鹤，翱翔树杪。每岩中有清泉一眼，色如镜；白泉一眼，白如乳"。近年来有学者考证，《桃花源记》与《梯仙国》故事同属一个题材。

河北盘山桃花源。在古代，漳河水出于盘山。清泉秀水，是盘山一绝。《水经注》云："盘山水，水出山上……去山三十许里，望山上水，可高二十余里，素湍皓然，颓波历溪，沿流而下。"据传，三国时期的隐士田畴曾在此避难，平整土地而居，亲自耕田以养父母，百姓闻讯来投，数年之间达五千家。陶渊明曾慕名来访，寻找其遗迹。

安徽黄山市黟县桃花源所在地赤岭村的地理环境与《桃花源记》中的描写极为相似。若想进入村子，人们必须沿着一条溪流到渔亭，穿过绝壁下的桃源洞，方能到达。而且村内一切情景，与陶渊明的文章所述极其相似。另外，赤岭村还是陶渊明次子陶俟后代的迁居地，陶氏一脉已在此地悠闲自在、安宁恬静地生活了千年之久。

另外，陶渊明家乡庐山有一处山谷，地处大汉阳峰下，全长约 15 千米，地势平坦，风景宜人，素有"桃花源"的美称。此处还有陶渊明的后人。有人推测陶渊明是借家乡的风光，虚构了武陵的桃源仙境。但是没有史实佐证，只能作为一种推测。

还有一说，桃花源在江西省康王谷。因为据宋《南康军图经·纪游集》记载：秦灭六国后，楚康王熊绎被秦国大将王翦追杀，逃进谷中，顿时雷雨大作，阻断追兵，康王才得以逃脱，从此深居康王谷中。此说与《桃花源记》中"先世避秦时乱，率妻子邑人，来此绝境，不复出焉，遂与外人间隔"颇为相似。

还有的说桃花源在北方的弘农或洛水上游，其理论依据是史学家陈寅恪先生发表的《桃花源记旁证》一文，他认为，较早载入史册的"桃花源"是古桃林，在古代北方的弘农或洛水上游一带，《山海经·中山经》中也有类似记载，相传此处是周武王攻打殷商养牛的地方。他认为，陶渊明描述的世外桃源，生活环境与坞堡建筑环境非常相似，其描述内容很像"檀山坞"。

此外，有人说桃花源在贵州铜仁，有人说在台湾基隆新寮溪，还有人说在云南坝美村，因为那里方圆三十平方千米，四周群山环绕，地势险要，村中人员进出大多选择村头和村尾的两个水洞。

如今在全国各地，有三十多处景点都自诩为桃花源，各有各的说法，但没有一处能拿出真凭实据，来证明自身就是陶渊明笔下的"桃花源"。

二、常德寻桃源

"桃花源"到底在哪里？

湖南常德市桃源县桃花源，应该最具公信力和说服力，因为这里和《桃花源记》所描写的境况最为相符。

湖南省常德市桃源县桃花源乃大美之地，距桃源县城西南十五千米，距常德市三十四千米，古时因桃花满谷而得名。临沅江，倚武陵峰，境内古树参天，修竹亭亭，寿藤缠绕，花草芬芳，有石阶曲径、亭台碑坊装点，宛若仙境。元代道士张志纯有诗云："流水来天洞，人间一脉通。桃源知不远，浮出落花红。"行人进入景区的山门——桃花山牌坊，就是桃花溪水。沿着溪水一径前行，不久便见一片繁花累缀、枝繁叶茂的桃林，广约数十亩，正与陶渊明文章中所记无异："中无杂树，芳草鲜美，落英缤纷。"行至桃林深处，见茂密林荫处藏一古桥，顺古桥举目遥望，便见一个古老神秘的桃花洞，此洞是唯一能进入桃花源的入口。从洞口入，"初极狭，才通人。复行数十步，豁然开朗"。但见土地平旷，屋舍俨然，小径通幽，鸡犬相闻，村民穿着秦时服饰，供应擂茶、酒饭，以仿秦古币交易。游人至此仙境，恍若隔世。

当地人还传说，最早来到桃花源的是三个人，一男两女。男的叫李立，为了逃避秦始皇抓民夫修长城而来。二女中年少者是郭嫂，为了逃避秦始皇选民女进宫；还有一位老妪，是失去儿子、媳妇的孤老。他们三人进入桃花源后组成家庭，生儿育女，以后逐渐形成村落。因由三姓组成，所以村子称为"三合村"。

早在陶渊明之前，南朝后期的黄闵所著《武陵记》曾经记载："武陵山中，有避秦人居之，寻水，号桃花源。"西晋末年，桃源山上开始建桃源观、桃川宫等人文景观。北周时期，陶渊明的《桃花源记》广为传播，因这里与陶渊明笔下的桃花源十分相似，人们渐渐忘记了该地的本名，而索性称其为"桃花源"。唐宋时期，发展到了鼎盛阶段，从沅江畔到桃花山，建起了庞大的建筑群，成了历史上中国古代道教圣地之一，从此有第三十五洞天、第四十六福地的美称。孟浩然、李白、韩愈、苏轼等文人墨客都曾来访并留下墨宝，可惜在元末毁于战乱。明初再次得到复兴，明末又被火烧掉。清朝光绪年间，桃源县的县令余良栋重新修建了陶渊明的祠堂，沿山配置了亭台楼阁，问津亭、延至馆、穷林桥、水源亭、豁然轩、高举阁、寻契亭、既出亭、问路桥等，都是以《桃花源记》来命名的。比如，其中的"延至馆"就是桃花源中人宴请渔人的地方。

现在的桃花源景区内开发了桃仙岭、桃源山、桃花山、秦人村四大景区，景区面积一百五十多平方千米，其中桃花山、秦人村为桃源景区的中心，有桃花源跨国道大牌坊、渊明园、桃花湖、刘禹锡草堂、咏归亭、花影亭、双星亭、五柳湖、水府阁、问津亭、黄闻山庄、秦人洞、豁然台、秦人居、竹廊、公议堂、奉先祠、延至馆、自乐桥、奇踪馆、傩坛、桃川万寿宫（上宫）、天宁碑院、悠然园、八仙亭、秦城、秦人古洞、玄亭、桃林、渊明祠、集贤祠桃花观、水府阁、观景台、天宁碑院、沅水风光线等一百余处景点。每一处景点都有一段有趣的故事。以"烂船洲"为例，传说发现桃花源的武陵渔夫，在桃花山洞口把小船用缆绳拴住，然后进入桃花源，几天后回到渡口，发现小船已经烂掉了。真正是"山中方七日，世上已千年"。于是，这块地方就被称为"烂船洲"了。

向四周远眺，沅江自西向东流向洞庭湖，流经桃花源风景区将近 70 千米。沅江既有三峡之险，又有富春江之秀，更为桃源增添了不少美景。

除此之外，还有战国彩菱城遗址、热市温泉等胜地，可供人们游览。

三、心中种桃源

心中若有桃花源，何处不是水云间？

纵观桃花源的前世今生，桃花源究竟在哪里，其实并不重要。重要的是在陶渊明的启发下，世人大胆地想象了一个安宁平和、与世无争的世外桃源，并努力尝试将这美好的理想化为现实。"成佛无须菩提叶，梧桐树下亦参禅。"陶渊明真正塑造的，是人们心中的一块自由、快乐、清净之地，让每一个人在自己的心里种下了一处桃花源。

陶渊明被人誉为"千古隐逸诗人之宗"，他的诗多描写田园风光，风格清新淡雅，读来令人身心舒畅。他空有一身抱负，却报国无门，唯一所能做的，便是远离朝廷，归隐田园，不再过问红尘世事。"不为五斗米折腰""不戚戚于贫贱，不汲汲于富贵"。从此安贫乐道，躬耕田园，不再挂念红尘俗世，不去理会世事沧桑，亦不过问王朝更迭，只管修篱种菊，一盏茶，一杯酒，一卷诗书，自得其乐，过着平淡如水的生活。他自道："误入尘网中，一去三十年。"据《陶渊明传》记载，陶渊明不解音律，却置无弦琴一张，每饮酒至兴处，即抚弄以寄其意。试想，琴既无弦，如何弹奏出声音？拨弄它无非是聊以寄托自己的政治理想与美好情趣罢了。

其实，这世间最美的是山水草木，是诗酒琴茶，这是最平凡的事物，也是最出世的逍遥。世人或为荣华富贵，或为名利女色，以致烦恼缠身，难以自拔。甚至有的人，为了达到目的，不择手段，机关算尽。而你看，陶渊明笔下的人间仙境，并不是荒无人烟，也不是不染凡尘，而是一片山明水秀之所，村民和蔼可亲、平易近人。没有尔虞我诈、钩心斗角，没有纷杂喧闹、离愁悲苦，人人朴素真挚，躬耕田园，自给自足，心灵亦是一片清澈洁净。

其实，人间何处不红尘，人心何处不桃源？纵然是世间繁华，朱门酒肉，如若一心与世无争，寄情清溪绿水，只求日有春水煎茶，夜有明月相伴，心有茅屋栖息，身有清风沐浴，便是桃源了。

人世间，不必求荣华富贵，只求能得一人心，白首不相离，于某个地方相遇相守。一座小小的庭院，日日清茶淡饭，静坐修禅，与文字相守到老，亦是一世的知足和欢喜。

一花一世界，一叶一菩提。只要心中向往美好，世间一切便都是美好。红尘滚滚，哪里能处处桃源？但是，我们可以在内心留有一处桃源。无论际遇如何，不争就是慈悲，不辩就是智慧，不闻就是清净，不看就是自在，原谅就是解脱，知足就是放下。

一个人内心淡泊宁静，那么他的现实生活，也会有安逸高雅的境遇。在滚滚红尘中，尝尽人间冷暖悲欢，在车马喧嚣中，种下一株桃花，一半在烟火凡尘中修行，一半在诗酒淡茶中清欢。"春有百花秋有月，夏有凉风冬有雪。若无闲事挂心头，便是人间好时节。"唯愿世人，以欢喜心过生活，以清净心看世界，以平常心生情味，以柔软心除挂碍，以谦卑心持修行。

夷望揹旌崖茶香

2019 年，我非常荣幸地随"新时代新桃源"全国多民族作家到湖南省常德市桃源县采风，同行的有蒋子龙、丹增、叶梅、水运宪等文学大家。在几天的采风时间里，采风团成员先后考察了丁玲纪念室、革命老区纪念馆、翦伯赞故居、枫林花海、清真寺、沅水自然风光带、水心寨、夷望溪等地。间隙之余，也得以来到湖南百尼茶庵茶业有限公司，在一个个美丽动人的传说故事里，知晓了崖边野茶的前世今生。

一

桃源县因东晋诗人陶渊明的《桃花源记》而得名，宋乾德元年（963）建县，至今已有一千多年的历史。现存有战国采菱城、东汉古战场、周家岗大溪文化等三大遗址，自《桃花源记》问世以来，王维、苏轼、王安石、孟浩然、李白、韩愈、刘禹锡、杜牧、陆游、沈从文、丁玲等文化名人均寻迹于此，或寻古探幽，或著文吟诗，使桃源这方土地倍添文采。桃源人杰地灵，诞生了近代革命先驱宋教仁、史学泰斗翦伯赞等优秀桃源儿女。同时，桃源县的传统文化多元发展，长期以来，荆楚文化与中原文化交汇碰撞，逐步形成了独具特色的民俗文化、隐逸文化、红色文化。傩戏、桃源刺绣、桃源木雕等民间艺术广为流传。桃源县也是革命老区，是红二、红六军团长征途经地，是贺龙、萧克等老一辈无产阶级革命家战斗过的地方。

夷望溪发端于桃源南部西安镇，从兴隆街乡水心岩悄然注入沅水。夷望溪江水如缎，水波凝碧，两岸山峦逶迤，植被原始，树木葱茏，一派"峰凝千重黛，江湾九曲明"的自然佳境，乘船游玩，令人心旷神怡。夷望溪沿溪风光带是以万亩竹海、水心寨、千年古樟等为代表的集山、水、竹、樟为一体的旅游风景，夷望溪中不时见小鲵游动，神态可爱，自由活泼，"小鲵戏水"

情趣盎然，堪为一绝。众所周知，鲵是国家珍稀保护物种，对生活环境及水质条件要求非常苛刻，如此众多的小鲵穿梭于此，夷望溪水质之优良可想而知。

夷望溪与沅江交汇处，烟波浩渺的江面上，突兀而立一座百余米孤山，雄姿峻峭，山体傲然耸峙于江水之中，四周石壁峻峭孤绝，岩纹斑驳。这就是著名的水心寨。顺陡峭石壁的石阶攀缘而上，如攀天梯，幸有绝壁上的铁链可扶，否则有坠江殒命之虞。传说秦汉时期，当地人在此设台，瞭望敌情，故此溪称夷望溪。至山顶便见水心庵，明总兵程可立削发为僧，在此修筑下、中、上三庵，水心庵高踞山顶，四周皆临绝壁，因此有"武陵悬空寺"的美誉。庵中香火缭绕，钟磬有声。伫立水心寨峰顶，远望群峰屏蔽，千鸟飞绝；东望沅江滔滔，渔帆点点；南瞰夷望溪如明练飞舞，秀色宜人。明代文学家袁宏道描绘的"环石皆水，环水皆山，周遭映带，以相逼而奇"的景观，尽收眼底。据说南宋年间，杨幺起义后，得团鱼精和蜻蜓精相助，曾在这里借江天浩气，设坛祭告苍天，祈福于民。祭天后，杨幺遂筑寨山顶，研习兵书。杨幺离山的时候，留下了一部兵书和一把宝剑。当地人传言，那根悬在石崖边的铁链，每当月明之夜，就会变成团鱼去沅江喝水。

夷望溪自然景观旖旎，两岸山水相依。山上翠竹青青，层峦叠嶂；溪面流水淙淙，一碧万顷。两岸群峰嶙峋，鬼斧神工，有钟鼓山、象鼻山、凰山、狮山、蛇山。一路前行，还有蛤蟆山、鳌龟岩、蝙蝠山、鲤鱼潭、荷花堡等。座座山峰相逼，与水心寨对峙，倒映水面，毫纹可鉴。

夷望溪除了山石奇异、形态万千之外，还有多处具有传奇色彩的自然和人文景观。比如龙船湾，每年端午，湾里的岩洞就会传出击鼓呐喊划龙舟的声音，为一大奇景。

夷望溪的下游，有一个地方叫焦林坪，长有一株千年的古樟树，此树有一个美丽的传说。明朝末年，一位美若天仙的妙龄女子，来到江西省吉安市永丰县石马镇，自称叫张姣玲，是湖南桃源焦林坪人，出门寻祖数月，盘缠已尽，恳请为当地人当私塾先生，赚得银两后聊作返乡的盘缠。谁想一年下来，在她的教导下，那些顽劣异常的孩子竟然变得知书达理、聪慧机灵，户主喜不自胜，春节后一起拜望张姣玲，谁知推开茅舍，已是人去屋空。众人一起赶往张姣玲的老家，多方打听，当地人都说没有这个人，沾点边的也就是焦林坪中间的那株千年古樟了。人们左思右想，反复念着"张姣玲、焦林樟"，突然醒悟，急忙奔向那株古樟，只见三人围抱的古樟树上写着三十二个字："千里来奔，实为真情；我位已归，不便再行。你等子女，心界已明；定为朱紫，锦绣前程。"众人这时才知道，原来张姣玲就是樟树仙所化，遂纳头便拜。从此，这棵古樟树声名鹊起，而且非常灵验。凡在古樟下诚心祈祷，即能心想事成。

二

"茶祖在湖南，好茶出桃源。"桃源县茶庵铺镇素有茶乡之称，境内 20 多千米的高峡平湖与沅水相映，山云江雾四季笼罩，空气中负离子含量高，水质纯净清澈，土壤肥沃湿润，温度、光照、雨水构成了云雾缭绕的高山水乡优美生态，给崖边野茶的生长提供了得天独厚的条件。茶庵铺镇素有"茶乡、竹都、林海、金窝"的美誉，产茶历史可以追溯到西汉时期，是古时茶马古道的必经之路。

"家茶哪有野茶香，为你痴迷为你狂。家茶香满三间屋，野茶香过三间房。"在山歌飘荡的雪峰山下，在海拔近千米的马坡岭上，在飘拂的白云之间，满坡满岭的野茶，正在抽芽吐翠，层层绿浪在眼前涌动，不时飘来采茶姑娘的歌声。她们日复一日地劳作，演绎着古老的采茶文化。每当茶树萌生新芽的季节，漫山遍野，散布着三五成群的村姑，她们用彩色头巾包裹着头发，背着茶篓，纤手在茶树间起落，摘下一片片嫩芽。放眼远望，蓝天白云之下，清风拂来，采茶村姑如繁星点点，纯情优雅，灵巧敏捷，神采飞扬，点缀在马坡岭的青山绿水间，构成一幅天然的动人画卷。

"此地山无崖，从此崖变坡。灵茶遍山野，随手一大箩。"千百年来，这里流传着一个与茶叶有关的凄婉爱情故事。为了将本地的茶叶卖出去，当地青壮男子带上妻子采摘的茶叶，跟随马帮，踏着茶马古道上的老苔藓，在清脆的马铃声中驮茶出山，历经千辛万苦，长途跋涉辗转各地。天长日久，有的男人客死他乡。一年又一年，杳无音信的时光似利刃，刺痛了桃源女人的心。留守在家的女人成群结队地聚在茶马古道，雨后春笋般矗立起一座座茶尼庵，一双双捧着上好茶水的素手，只为在那杯杯盏盏的茶汤里打探丈夫的消息。归来的马帮游客，从茶水中品出了女人对丈夫朝思暮想的酸楚和苦涩。正因如此，茶庵铺的茶总有一丝涩涩的味道，这就是坚守的味道、爱情的味道、泪水的味道。年复一年，道路两侧酒家客栈悄然兴起，彻夜灯火，宾客如云，渐成闹市。由此，茶庵铺产好茶的名声迅速传播开来。

2013 年，经历了太多的波折和人生起伏的饶文兵返回家乡创业，因为他曾听老人说，当地的深山密林里，有许多古老的茶树。茶庵铺历朝历代产茶，而且还给朝廷敬过贡茶。有一天，他的店里兴冲冲地跑进了山民鄢兴武，告诉他一个特大的喜讯：他在马坡岭挖山时，意外地发现了许多古老的不知什么年代栽种的野茶树，满山满岭，逾四五百亩。

饶文兵一听喜出望外，由鄢兴武带路，直奔马坡岭。当饶文兵徒步爬到马坡岭上，只见危崖耸立，白云缠绕。一片片珍稀野茶含羞带俏，饮云吞露，俏立山崖之上，笑看风月。但见老茶树虬枝盘旋，端庄肃立；小茶树青翠含喜，娇俏可人。它们或摇曳于危崖之上，或杂生于密树之间。无论大小老嫩，皆饱山岚之气，沐日月之精，吸烟霞之蔼……但是此茶多生于深山老林的绝壁之上，采摘艰难，稍有不慎，就会瞬间丧命于百丈深渊。经专家考证，此茶树乃珍稀的中叶类品种。

饶文兵敏锐地意识到，这些"参百品而不混、越众饮以独高"的崖边野茶，是上苍慷慨的馈赠、人间美妙的仙草，是自己多年寻找的商机。他当机立断投资一百余万元，买下了这五百亩古茶的产权，并开通了上山的道路，雇请当地村民专门管理这片有机自然的野生崖茶。自此，马坡岭这块宝地成了百尼庵崖边野茶的专供基地。

有了珍稀的野茶资源，还必须有先进的制茶工艺，才能打造出中国名茶。于是心急如焚的饶文兵潜入桃源、安化、沅陵三县交界的深山老林里，四处奔波，寻找通晓古茶制作工艺的茶师。功夫不负有心人，终于在雪峰山下找到了时年 92 岁高龄、深谙古茶制作工艺的赵茶师，经过潜心琢磨，依古法秘制，得天香奇韵，终于打造出了"中华奇珍，世界香茗"——"百尼茶庵·崖边野茶"，从而填补了全国崖边野茶的空白。

三

在马坡岭最高处，有一块平坦开阔的平地，约二百平方米，上面布满残砖断瓦，此处便是犀牛寺遗址。据说曾经的犀牛寺规模壮观，住持以尼姑居多，鼎盛时不下百人，钟鼓声百里清晰可闻。居山顶上，放眼四望，但见云山连绵，视野宽广。饶文兵只要一上马坡岭，总要围着古寺遗址转几圈。有一次，饶文兵突然在一株古茶树下发现了半截石碑，剔除污泥和青苔，经鉴定，这是一块"禅茶界碑"，漫漶不清的碑文记载了清嘉庆十七年（1812），朝廷将此地赐予犀牛寺的尼姑种茶，并勘定了茶山的界限，附近山民不准上山越界采茶。当年尼姑一边采茶制茶，一边参禅修道，"罢定磬敲松罅月，解眠茶煮石根泉"。这些年轻的女尼以山泉烹茶，于一泓清香中剔除了红尘中的喧嚣，沁人的茶香氤氲温暖了"南山采茶，东山静卧，名利随风过；白日品茗，日暮看月，闲听桂花落"的山居岁月。

繁盛时期的犀牛寺常年香火缭绕，钟声不断，茶香弥漫，但是后来不幸被拆毁。岁月倏忽，历史沧桑，不见了青砖断瓦，逝去了木鱼声声，从此茶林淹没在深山老林之中，无人问津，自生自长，自荣自枯，只留下遍地的断砖残瓦和一个动人的传说。寺之西南约二百米处，有一处圆形池塘，在高山之上，即使大旱之年也不见干涸。寺里有一个和尚，每天早晨都去挑水，每次池水都很浑浊。和尚非常纳闷。有一天，天没亮他就起来了，对面山头上还挂着星星，他数了数，三颗星，呈鼎足形。但是，当他走到池塘边，发现一头巨大的犀牛正在池里洗澡，他抡起扁担，痛打犀牛的屁股。刹那间，犀牛不见了踪影，而天上的三颗星中间，多了一颗星星。从此，这个池塘就叫犀牛池，这个寺就叫犀牛寺。而和尚的扁担忽然有了神功，过山涧或者过河时，扁担就会变成桥或者渡船。人们以为和尚已经得道成仙，都争着买他的茶叶。他的茶叶不但甘甜可口，清热解渴，还能消炎镇痛，包治百病。从此，这里的野山茶远近闻名，加上地处茶马古道，过往的马队常年不绝，许多尼姑和本地人，沿途搭起茶棚，给马帮施舍茶水，"百尼茶庵"也因此而得名。

当地还有传说，如是有福有缘之人，摘一片崖边野茶，轻轻地放在犀牛

第三部分　屐痕处处

185

池里，若有蛰伏的犀牛浮出水面叼走了嫩茶，那么无论男女，一定会大富大贵。

犀牛寺遗址前的平台上，留下了两棵当年僧尼栽种的百年古树，犹自在风中婆娑。左侧是一棵古柳，树心已空，传说古柳曾遭九十九次雷击，但每逢清明谷雨时节，万千枝条上依旧缀满了绿叶，生机勃勃，实乃大自然的奇迹。右侧是一棵古桂，浓荫匝地，葱茏茂密。据当地人讲，此树已有千年，为马坡岭的神树。初春花开时节，淡黄色的小花缀满树枝，香飘四溢，远在大山脚下的山民都能闻到其沁人肺腑的清香。犀牛寺香火鼎盛时期，很多外地香客就在树下过夜。有一次下冰雹，犀牛寺的瓦片受损严重，而在老桂树下过夜的十一名香客毫发无损。因此，后来到犀牛寺进香的香客，都要在老桂树的树枝上拴一红布条，保佑全家平安幸福。其实这棵古柳，还有一则有关爱情的传说。有一位姓柳的姑娘，与陶公子相恋。但是，双方父母不同意他们的婚事，柳姑娘一气之下，跑到犀牛寺当了尼姑。但是寺里的青灯黄卷仍然无法消解柳姑娘对陶公子的日思夜想，每当月明星稀的夜晚，她就站在犀牛寺前，向陶公子家的方向遥望。可是，负心的陶公子听从父母的吩咐，已经另娶娇妻。天长日久，柳姑娘得了相思病，最后抑郁而终，死后化作一棵柳树，伫立在犀牛寺前，日日夜夜遥望她的情郎。遥想当年犀牛寺中的尼姑，每当清明时节，衣袂飞扬，手挽竹篮，急匆匆穿梭于柳树之下，采摘鲜嫩欲滴的茶叶，晨钟暮鼓之余，不知她们是否知道柳姑娘的爱情故事，并且为之感伤。

种种传说已经远去，可这方山水留下的野生崖茶，的确给桃源人民带来了永远的福祉。